Bearmouth

Liz Hyder

Bearmouth

Traduit de l'anglais (Grande-Bretagne)
par Rosalind Elland-Goldsmith

La Martinière j.
FICTION

Photographie de couverture : Alan Lagadu/Getty Images

Édition originale publiée en 2019 par Pushkin Press, Londres.

une marque des Éditions de La Martinière,
57, rue Gaston Tessier, 75019 Paris
ISBN : 978-2-7324-9489-0

Conforme à la loi n° 49-956 du 16 juillet 1949
sur les publications destinées à la jeunesse.

www.editionsdelamartiniere.fr

D'abord y eut le Saigneur

Qui nous créa à son imaje
Y créa tous les homes et toutes les fammes
Y créa toutes les créatures sur Terre
Le Saigneur nous aimait tous, sans distincsion
Jusqua ce que les homes et les fammes le traïssent
Y zacceptèrent sa confiance pis crachèrent dessu
Provoquand son très grand courous.
Alor le Saigneur nous envoya dans les trefons
Pour expier les fautes de nos ayeux.
Un jour, diton, le Saigneur nous enverra un signe
Alor nous serons pardonés
Et nous remonterons à la surfasse
Et cette lumiere que le Saigneur tient dans sa pôme
Nous sera donée à tous
Et nous prospérerons dans cette vie come dans la prochène
Amen.

JAPRAN LORTOGRAF

Japrand lortografe
Japrands l'ortografe
J'apprands l'orthografe.

J'apprends l'orthographe.

C'est mieux, dit Thomas, en souflant la boujie.

C'EST UN SACRÉ EFORT de faire marcher son cervau.

Thomas me donne mes leçons quand les autres sont à la cantine et parfois aussi le Jour du Saigneur, après la maisse.

C'est là que, pendant la semène, les homes discutent de choses qu'intéressent pas les gamins come nous, alor on a pas le droit d'antrer. Des sujets de bonzhomes, y disent. Pas pour les gamins.

Thomas et moi on reste dehors et y m'apprend l'orthographe. C'est dur. On est que deu, Tobie et moi, à lécouter. Les autres sont trop grans. Tobie, y l'est plus ptit que nous, n'ampêche qu'y comprend vite.

Thomas, y l'a deu fois mon âge, ptêtre plus, pourtant c'est mon meyeur ami. Y veille sur moi. Passque je suis diférent. On m'apèle Leunuc car je suis pas un garson, et par ici, jamais on laisserait une fille pousser un wagonet. C'est donc que je ne suis un eunuc.

Ni un garson ni une fille. Mais Thomas aime pas qu'on m'apèle come ça alor y m'a rebatisé Crapouille.

Cé, ère, a, pé, o, u, i, deu elle, e. Crapouille.

Ni crapaux ni grenouye. Ça me plet.

Y dit que les crapaux et les grenouyes sont des êtres petits et ajiles qui parfois vivent souterre. Tout come moi.

C'est dur, l'orthographe. A la fin de la leçon, j'ai les zieux qui piquent à cause de la boujie. Ensuite, nous retournons travayer tous les trois.

Je vis dans une mine qui s'apele Bearmouth, ça veut dire Gueule d'Ours. On l'apèle ainsi à cause de son entrée, qu'était proche de la surfasse autrefois, comme la gueule d'un ours grande ouverte. On y entrait comme ça, à pié, aisémant. Mais depuis y zont creusé, encor et encor et, de nos jours on travaye si profond qu'y fait une chaleur d'en fer. Alor « Gueule d'Ours », c'est plus le nom adécouat pour une mine comme la nôtre. Vaudrait mieux la rebatiser l'abime. Ou le centre de la Terre.

À mes débus, j'étais trappeur. J'avais le salère de base donc mal payé, pourtant trappeur est une tache d'importance. Ça consiste à laisser entrer l'aire dans les tunels et à acsionner la trappe pour le passage des ponets et des homes.

Maintnant, je suis traîneur, bientôt hercheur, et jfais équipe avec Jack. Y me gronde quand je suis tros lent. Son travaye, c'est de donner les cous de pioche, moi je charge dans le wagonet, et en avant.

Les traîneurs ont un vocabulère différent des trappeurs, et y faut si faire vite. Jack m'a appris. Y me trouve futé. Y sait pas écrire, lui, mais y sait raconter. Surtout, y l'est rapide au travaye. Très rapide. Parfois, je peine à tenir sa cadance. Mais voilà, plu on trime, plu on gagne d'argent.

Les traîneurs gagnent plus que les trappeurs. Et un jour, je serai hercheur moi aussi, comme Jack.

Mon salère est de quinze sous. Les hercheurs gagnent davantaje, autour de saize, autant dire une fortune.

Mon travaye, je peux le faire les zieux fermés, ce qui tombe bien car je fais ainsi des économies de boujies.

C'est chair, les boujies.

Chaque semène, je dépense sinque sous rien qu'en boujies. Sinque en pitanse aussi et en allumètes, deu sous pour l'eau chaude et pour le reste. Ce qui me laisse trois sous que j'envoie à M'man.

J'ai pas revu M'man et les autres depuis mes débus à la mine. Le Jour du Saigneur est trop court pour faire l'alléretour à la maison après la maisse. Pourtant c'est mon seul jour de liberté.

Déjà il faut conter une demijournée pour remonter à la surfasse. Et ça coûte chair. Trois sous l'aller, trois sous le retour, pasqu'y faut utiliser du monte-charge qu'on apèle kaje. Alor je reste ou je suis. C'est moins couteux. Je n'ai pas vu la lumiere du jour depuis mes quatre ans. Je saurais pas dire précisémant combien de temps cela fait, mais lontemps, ça c'est sur !

Traîneur est un travaye pénible, aucun doute, mais un travaye qui m'ède à apprendre l'ortographe. Car en poussant mon wagonet le long du tunel prinsipal, dans le noir, la fournèse et la poussière, je me récite les leçons dans ma tête.

AUJORDUI, APRÈS LE TRAVAYE, un nouvau est arrivé pour prendre la place de Gambles. Sauf qu'y passe toute sa journée à pleurer, y pleure dans son coin jusqua ce que Jack lui flanque une torniole et lui dise de la fermer pour qu'on puisse enfin dormir.

Gambles est mor la semène dernière. Soufflé par une ecsplosion, le maleureu, et Harrison a respiré la mofette en voulant le sauver. La mofette, c'est un gaz qui tue. La preuve avec Harrison.

D'un cou, y a eu deu couches vides dans le dortoir.

À présant, plus qu'une.

Le nouveau est propre comme un sou neuf. Comme un jeune poulin.

Y l'a de grands zieux et l'aire apeuré. Terorisé, meme.

Y l'a pas encor dit un seul mot.

Pour sa première journée de travaye, le nouveau tremble comme une feuye à côté des portes menant au tunel principal. Y l'est trappeur. Nicholson lui esplique les gestes à pas faire, mais le nouveau est déjà vieu pour être trappeur, et y risque d'être rapidement à bout de sous s'y continue à utiliser autans de boujies à un tel ritme.

Le nouveau et Nicholson gardent le silanse. Ni l'un ni l'autre est d'umeur à discuter. Dans l'oscurité, j'entends que le nouveau retient ses larmes.

Quand je le retrouve à la fin de son servisse, on lui a fendu la narine droite. Comme y sdoit. Une métode qui sert à vérifier qu'on est assé vayant pour travayer. Un cayou bien tranchant qu'on nous enfonce dans l'né, et scouic. Ceux qui pleurent prennent des cous.

Nous avons tous la marque. C'est un signe distinctif des gamins de Gueule d'Ours.

À présant, le nouveau est des notres. Qu'y le veuye ou non.

D'APRÈS THOMAS le nouveau s'apèle Desmond. Moi, je l'ai même pas encor entendu prononsé un seul mot, mais Thomas est doué pour faire parler les jens. Pasqu'y sait écouter. Y l'attend qu'on ait quelque chose à dire et y l'écoute. Thomas aurait pu être un érudi. C'est l'home le plu savant que je connaisse.

Desmond.

Comme démon.

Persone s'attendait à accueyir un nouveau, surtout pas un gamin. Je sais pas quoi penser de lui. Son prénom est ptêtre un avertissemant. Y l'est assé beau. Démon tentateur, comme on dit. J'implore le Saigneur de nous sauver tous.

De véyer sur nous.

Et de garder un euye sur Desmond. Saigneur, protéjez-moi.

Desmond ne pleure plu, à présant. L'est arrivé y a une semène et déjà son regard est d'assier. Ses zieux sont noirs comme le charbon. Un gamin fort et résistant, dit Jack.

Je repense à ce que Desmond m'a chuchoté ce matin, tout doucement, comme une ptite araignée se promenant sur un mur : Y suffit d'une persone, y m'a dit. Sa voie m'a chatouyé les oreilles. Une seule persone.

Une persone ? Pour quoi ? j'ai demandé en poussant mon wagonet par la trappe qu'y tient ouverte.

Pour commencer une révolussion. Une seule persone. Retiens bien ça, Crapouille.

J'entandais son sourire dans le noir. Je l'ai senti fermer la trappe derrière moi, et le souffle d'aire chaud m'a fait frissonner.

Jai dmandé à Thomas ce que veut dire révolussion, et y m'ordonne de parler tout bas. Interdicsion de prononsser ce mot. Même le chuchotter. Même le penser.

Finalement, y m'esplique plus tard. Révolussion sinifie rébélion. Désobéissansse. Sauf que le Saigneur voix tout. Sait tout. S'y voit une rébélion, y l'écarbouye telle une fourmi. Comme l'a fait Jack, une fois, avec un Sourissot sur ma couche. Paf, crac. C'est la volonté divine. Tout est volonté divine. J'implore encor le Saigneur de nous pardonner et nous sauver.

Saigneur protéjez-moi. Protéjez-nous tous. Amen.

Aujordui, c'est le Jour du Saigneur. Le premier depuis les débuts de Desmond à Gueule d'Ours. Nous avons pas rediscuté depuis la dernière fois où y parlait de révolussion. Je veux pas qu'y m'empoizonne les oreilles et l'esprit avec ces histoires. Surtout pas le Jour du Saigneur.

Dimanche est une journée spéssiale.

Nous nous levons plus tars et manjons avec d'autres travayeurs de Gueule d'Ours, des homes qu'on voit pas dabitude passqu'y travayent à des horères diférents. Mais le dimanche, nous sommes serrés comme des sardines dans cette cantine aux murs blanchis à la chau. La semène, le ptit déjeuné est à base de bouillie salée, mais le Jour du Saigneur, on a droit à du sucre qui donne un goût si différant, si doux et si délissieux que je bois tout mon bol et le laiche jusqua la dernière goute.

Souvans, Thomas se moque de ma gourmandise et Jack dit « c'est pas des maniaires ». Desmond, lui, observe. En silense. Y l'attend que tout le monde a fini sa rassion pour manjer la sienne, lentmant à la cuillère. Y met si lontemps que Jack lui anlève son bol avant la fin.

Tiens Leunuc finis ça, y dit. Ce gamin est si lent à manjer que le sucre doit pas être à son goût !

Tout le monde rit fort. Pas Desmond. Y reste imobile, y me scrute. Si je pouvais j'avalrais encor sinque bols de bouillie sucrée, mais devans moi, c'est la part d'un autre. Et rien n'est plus déloyal que manjer la part d'un autre.

Je secoue la tête.

Thomas répond à ma place : Y s'apèle pas Leunuc mais Crapouille, y dit d'une voie ferme.

Jack l'iniore. Y me regarde ficsemant puis avale la bouillie lui-même, et repose le bol vide avec fraca.

Desmond continue de me ficser. Puis y ficse Jack. Je suis mal alèse avec une sensassion bizare dans mon ventre. J'évite de croiser les zieux de Desmond jusquau moment où les bougies s'étaignent. Et là, j'en suis sur, ses lèvres se sont courbées pour former un sourire. Le sourire du Desmond.

Saigneur sauvez-moi, Saigneur protéjez-moi.

Nous traversons les grilles qui mènent aux étajes supérieurs, un étaje, deu zétajes, je conte sur mes dois comme me l'a appris Thomas. Plu on grimpe, plu l'aire est froid. Trois, quatre. J'aime pas, là-haut. Le vent et la brize sont comme des fantaumes qui viennent me chatouyer. Mais c'est ainsi, nous devons grimper, car c'est là qu'on prie le Saigneur et qu'on le remersie. Pour la vie, pour le pain quotidien, pour tout.

Sinque. On passe devans des gardes.

Sisse.

C'est long. Comme toujour. Nous grimpons dans le noir, guidés par les pas de celui qui nous pressède. Ici, les tunels sont plus larges et plus haut. Au moins, y a pas besoin de marcher courbé.

Sète, huite.

Neuf puis enfin disse. L'étaje du Saigneur. Y l'y est partout. Dans les moindres recoins. Dans l'aire aussi, et même dans la lumiere. C'est une pièce immanse et les boujies sintillent où qu'on pose le regard. Éclatantes. Éblouissantes. J'en ai mal aux zieux. Je cligne des paupiaires, j'ai les larmes qui montent. Comme tous les dimanches. Le Saigneur brille ici de tout son éclat. Y nous montre le chmin, nous guide de sa lueur fassinante, même aveuglante pour qui la regarde trop lontemps.

Nous gravissons un ptit escalié creusé dans la roche et blanchi lui aussi à la chau pour mieux refléter l'éclat des boujies, puis nous tournons à droite pour franchir la porte d'une grande sale, la Galerie du Saigneur. Les boujies sintillent de mille feus, et nous rejoignons les autres homes, des centènes de gayards qui travayent aux étajes supérieurs de Gueule d'Ours.

La Galerie du Saigneur me coupe le soufle à chaque foi. Chaque dimanche, je sens mon queur battre la chamade et mon cors devient plu léjer. La Grande Galerie est tout de roche, et c'est la salle la plu imense que j'ai vue de ma vie. D'un côté, face à l'entrée, des pierres brutes decinent une silouette de géant qui nous surveye. Le Saigneur en persone. Certains disent qu'y l'est là depuis toujour, d'autres que c'est des mains d'hommes qui l'ont sculté dans la roche. Je sais pas qu'en penser. Mais une chose est sure : on y distingue bien un visaje. Un visaje tout au sommet, qui nous observe. On le voit encor mieux en plissant les zieux.

Pour ma part, je m'efforse de pas le regarder. Car ça me fait peur qu'y soit là. Le Saigneur en persone. Lui-même présant parmi nous. Saigneur, sauvez-nous.

Avant les chants, nous réssitons la prière. La même que tous les matins au lever sauf que le dimanche, nous chantons sous la direcsion de M. Sharp, notre chef de mine. M. Sharp est responsable de tout ce qu'y nous conserne, notre travaye, notre santé, et le foncsionnement même de Gueule d'Ours. Mais y l'est pas le Maître. Le Maître, c'est M. Johnson. Je l'ai jamais vu, mais on m'a raconté qu'y l'était grand et fin qu'y portait de droles d'habis et un chapeau autforme tout bleu et lisse, comme le siel.

Thomas me trouve aisémant distrait. C'est vrai. Desmond est à côté de moi, et je le sens sans même le regarder. Son cors dégaje une chaleur. Voilà ce qu'on apprend à forse de vivre dans le noir : à déchifrer quequ'un sans même le voir.

La prière comense et je récite avec les autres :

D'abord y eut le Saigneur
Qui nous créa à son image
Y créa tous les homes et toutes les fammes

Y créa toutes les créatures sur Terre
Le Saigneur nous aimait tous, sans distincsion
Jusqua ce que les homes et les fammes le traïssent
Y zacceptèrent sa confiance pis crachèrent dessu
Provoquand son très grand courous.
Alor le Saigneur nous envoya dans les trefons
Pour expier les fautes de nos ayeux.
Un jour, diton, le Saigneur nous enverra un signe
Alor nous serons pardonnés
Et nous remonterons à la surfasse
Et cette lumière que le Saigneur tient dans sa pôme
Nous sera donnée à tous
Et nous prospérerons dans cette vie comme dans la prochaine
Amen.

Desmond garde le silense. Y réssite pas. Y remue même pas les lèvres, comme moi quand je connaissais pas toutes les paroles.

Et pis y l'a l'aire absent. À croire qui l'est ayeurs, complaitement. Lui aussi doit être aisémant distrait.

Je sens que Desmond me regarde. Je résiste pour pas l'observer en retour. À la place, je lève les zieux vers le Saigneur, vers sa figure tout en roche, et je chante, chante jusqu'avoir mal à nuque et qui soit temps de partir.

Le Jour du Saigneur est aussi un jour de plaisir car nous avons alor le droi de najer dans le lac pour la maudique some d'un dmi sou. Chaque soir après le travaye, nous nous lavons près du lac, cors et vetments, aux pompes qui distribuent de l'eau à tous les étajes de Gueule d'Ours. Mais ormis le dimanche, nous avons interdicsion de najer dans le lac. Pour nous bénier le Jour du Saigneur, nous devons péyer comme pour le reste : nos botes, nos boujies, nos vêtements et companie.

Tout le monde aime pas plonjer dans le lac. Jack aime pas, il dit que c'est contrenature. Mais moi, Thomas et Tobie, on appréssie la béniade. On peut pas se le permètre à chaque fois, en raison du cout, mais quand on peut, alor on se prive pas. Quel plaisir, d'être propre !

Quand on était ptits, moi et Tobie, plu ptits qu'aujordui, on fesait le tour du lac à la naje, on cherchait des grotes et des tunels. Mais on a arêté le jour où on apris que deus homes s'étaient noyés en ecsplorant le lac. Disparus pendant trois jours pis leurs cors ont été retrouvés, floc floc, sur les flos. Jack pense qu'y zavaient repéré un tunel et qu'y zont tanté de le traverser à la naje et qu'y sont restés coincés.

C'est pas l'avis de Thomas. Y la vu des trasses rouges otour de leur cou. Comme si zavaient été étranglés. Ces homes avaient des ennuis, a dit Thomas, et quelqun les a éliminés. Y len a parlé une seule fois, pis plus jamais, au point que je me demande aujordui si j'ai pas rêvé.

Demin c'est jour de paye alor en attandant, la plupars des travayeurs sont à sec. Pas Thomas, Tobie et moi car on garde un dmi sou pour notre béniade le Jour du Saigneur. C'est notre ptit plaisir. On passe presque tout l'aprèmidi dans le lac après la maisse. Thomas en profite aussi pour nous faire réviser l'orthographe. On épèle les mots à voie aute, et notre éco rebondit dans toute la galerie. C'est étranje de s'entandre soi-même. Notre voie désincarnée qui nous répond.

Désormès je conais ce lac comme ma poche, aussi bien que le sol de la mine. Drole d'espression, comme ma poche. Ici, on voit jamais rien, ni devant nous ni au fons de notre poche, à moins de travayer à la lueur d'une boujie. Mais moi, je garde mes sous pour quand j'en ai le plus besoin. L'oscurité est partout, totale.

Desmond arive, et je n'en crois ni mes zieux ni mes oreyes. Je l'entends avant de le voir. Son pas trainant et hésitant qu'y fait un sacré boucan et quipluzè, avec une boujie à la main. Quel gâchi de lumiere !

Moi, je suis bien immerjé, seule ma tête ondule à la surfasse. Mon cors est tout libre en-dessou, suspendu dans l'eau. Je sens les ptits poissons blans qui griniotent mes orteyes. Thomas dit que ces poissons sont aveugles. Moi, j'aime bien leurs chatouyes. Mais voilà que Desmond gache tout en arrivant. Le lac est notre plaisir, pas le sien. Démon.

Qu'esse qui fiche la ? je demande, sechement. Y la pas de sous, y recevra que demin sa paye pour sa première semène.

Moins fors, Crapouille, gronde Thomas. Et c'est quoi ces maniaires ? C'est come ça que tu acueuyes notre nouvel ami ? C'est moi qui lui a preté un dmi sou.

Je grimace. Tu gaspilles un dmi sous pour un gamin que tu connais pas ? Et pis tu gaches not plaisir.

Je plonje la tête, l'eau froide et apaisante rafréchit ma figure brulante de colere. Quand je remonte, j'entands Thomas qu'y parle tout bas à Desmond.

Y l'est sanguin, c'est vrai, mais d'une loilloté à toute épreuve. Intelligens, aussi.

Y parle de moi.

Pis y besse encor le ton, telment que j'entends plus. Thomas et Desmond continuent de discuter. Je me rapproche à la naje, silenssieux comme un ptit poisson, mais il zont terminé.

Thomas s'assoit sur les rochers, nu comme un ver sauf son slip, la peau dorée par la flame de Desmond qui s'épuise. Desmond enlève ses vetments à son tour. Dabord sa chemise pleine de poussière, puis ses botes et ses chaussettes. Y l'est torse nu. Je le ficse. Son torse est manifique, tout en muscles et en lumière. Mais lui aussi a des bleus, de longues trasses grises comme les vaines de charbon qu'on traque sans arrêt. Ça peu pas lui être arrivé cette semène, les trappeurs passent la journée assis à acsionner leur trappe. Alor quand ? Et ou ? Y s'apersoit que je l'observe et me tourne le dos, rouje comme une tomate tant y l'est gêné. J'ausse les épôles. Et pis quoi ? Le Saigneur nous a tous faits à son imaje. C'est sa volonté.

Sauf qu'en se retournant, je vois que Desmond a d'autres plaies. Des cicatrisses encor à vif qui decinent de grandes lignes violassées dans son dos. Ça me rapèle la fois où Tobie a été fouété pour insoumission, j'ai dû lui laver le dos tous les jours pendant une semène jusqua ce qu'y cesse de saigner.

Desmond besse son pantalon et son slip. Y se tient là, le dos tourné, cunu et aussi blan que le jour de sa naissance. Et que le jour où y sera rendu au Saigneur.

Et voilà que je me sens roujir – pardonez-moi Saigneur – quand y pivote vers moi, alor j'enfonsse la tête sous l'eau. Mais j'ai eu le temps de voir. Ses zieux secs et noirs comme du charbon. Sa peau qui brille à la flame de sa boujie. J'ai jamais rien vu d'aussi bau. Et je roujis encor rien qu'à cette pensée impure – le Jour du Saigneur, en plus.

Je plonje jusqua ce que mes joues refoidissent. Et soudin, y l'est à côté de moi. Dans l'eau. Y barbote, flic floc. Pas grassieux et encor moins discret. Loin d'être un ptit poisson, on dirait plutôt un molosse qui fait des vagues et de la mousse.

Ça fait du bien, ditil tout aut. Telment de bien ! Y pousse un cri et s'imerje, tête la première, les piés en l'aire, j'ai envie de sourire mais je préfère m'éloinier de ce Desmond tentateur alor je remonte sur les rochers. Je m'assois à côté de Thomas et m'essore, plic ploc. L'eau dégouline sur mes jenous. La plupars des homes se baignent sans slip mais Thomas nous a dit, à Tobie et moi, de toujour en porter, même quand on se lave aux pompes. Un conseille qu'y s'aplique à lui-même. Certains trouvent ça étranje, mais c'est ainsi.

De quoi vous parlié ? je demande.

Thomas me regarde, les zieux mi-clos et l'aire rêveur.

De rien, Crapouille.

Ce gamin là est danjereus, je murmure à Thomas. Danjereus.

Y reste imobile. Puis y me regarde bien en face.

Crapouille, les jans sont danjereus que si on leur permet de l'être.

Et y referme les paupiaires.

Parfois, j'ai l'impression que Thomas lit dans mes pensées, comme le Saigneur. Fâché, je m'éloigne pour me sécher et remettre mes habis reches. Je rentre au dortoir en gromelant, et reste à me morfondre jusqu'au soir.

TOBIE ME CACHE DES CHOSES. Je le sais passque je l'ai démasqué. Voilà quelques nuis qu'y l'a un comportemant étranje lors de l'extinction des feus, à croire qui la des puces ou quelque chose come ça. Y remue et jigote. Mais maintnant, je sais pourquoi. Et c'est pas à cause des puces.

Ce filou est devnu copin avec une souri, si fou que ça puisse parêtre. Enfin, je crois que c'est une souris, mais y faudrait vérifier car il est énorme. Moi je dirais plutôt un rat, mais il est trop dossile, sans conter que Tobie l'aime baucoup. Y l'a nomé « Sourissot », et j'ai promis sur ma vie de ne parler de lui à persone. Passqu'à Gueule d'Ours, les animos de companie sont interdis. Surtout les ronjeurs qui sont pas exactement des animaux propres.

Si les autres aprenaient son existance, Sourissot serait écrabouyé aussi sec, alor j'ai juré à main levée de rien dire mais j'ai quand même répété à Tobie d'être prudant et de bien cacher Sourissot. Y la promis mais, la vérité, c'est qu'y l'est pas assé prudent. Et lui et Sourissot tardent pas à nous atirer des ennuis.

Aujordui, c'est jour de paye et comme à chaque fois, la mine est sans dessu dessou. Nous somes payés une fois par mois, le lindi. La veille, on nous sert de la bière, et voilà coment les homes écoulent leur salère avant même de l'avoir touché. D'énormes tonnaux sont dessandus dans le réfectoire, plu lours que mes wagonets que je pousse le lon des tunels. On y enfonce des robinets et la bière coule à flos. C'est cher, en plus. Certains liquident tout leur salère du mois, ces soirs-là, et même celui du mois suivans.

Jack s'est randu malade une paire de fois. La deuzième, y l'était si malempoins que j'ai dû faire son travaye à sa place, en plus du mien. Y m'avait promis un dédomajmant mais j'en ai jamais vu la couleur. Au contrère, y me tirait l'oreille pour que je travaye plu vite ou que je fasse tout comme lui l'aurait fait. Enfin, c'est la dernière fois qu'y s'est randu malade, alor je supose qu'y l'est sorti quelque chose de bien de cette histoire.

Les jours de paye, l'ambiance à Gueule d'Ours est électrique. On sent l'aire qui crépite et qui sifle. Cette tension-là est danjereuse. Car une étincelle peut tout embrazer. Nous, les gamins, on reste à l'écars des homes qu'y rentrent après avoir bu. Quand j'étais tout pti, Harrison est rantré ivre une fois et a voulu grimper dans ma couche. Tout ce que je me rapèle, c'est que Thomas lui a collé un euye au beure noir. J'étais pas mécontant, car j'avais jamais apréssié Harrison. N'ampêche, même à mon pire ennemi, je souhaite pas de sucomber à la mofette. Sufoquer dans le noir à cause d'un gaz empoisoné... Y a pas pire façon de partir.

Les jours de paye m'inquiètent. Cette ambianse électrique... Mais aujordui, c'est pire car Tobie et moi on a vu une chose qu'on n'aurait jamais dû voir, et nous voila avec un secret de plus à garder.

Après la leçon d'orthographe, nous somes retournés travayer, sauf que Sourissot ce ptit voyou a réussi à s'échapper de la poche de Tobie.

Je lui dis lesse et le retiens alor que Sourissot s'enfuit sur ses ptites pattes. Mais Tobie se dégaje et s'élanse à sa suite. Je peux pas me permètre d'ariver en retars à mon poste sinon Jack va se facher. Pourtant je m'élanse à mon tour et pourchasse Tobie en gromelant dans ma barbe Crétin de Sourissot.

Je suis la lueur de la boujie de Tobie dans les virajes pis dans la pente, franchis la barrière interdite passqu'elle délimite une partie défandue de la mine. Une partie pleine d'impasses qui ont déjà été vidées de leur or noir. Après un coude, le voilà tout haltant dans un coin, ce foutu Sourissot. Je le prends dans mes mains.

Je chuchotte à Tobie Dépêche-toi, mais alor nous antandons des pas qu'approchent. Vite je soufle la boujie.

Si on nous atrape c'est la catastrofe car nous sommes horzaune. Je tiens Tobie contre moi dans le noir et je sens son queur qui bat, papoum papoum.

Chut. Je sens qu'y loche la tête et étrint Sourissot plus fort.

Une flame fait vaciller les ombres sur les parois du tunel. Pourtant persone est sansé se trouver ici. Je persois des voies.

Chut, je répaite et pose l'indaix sur les lèvres de Tobie.

Tout doussmant, sur la pointe des piés, je m'avance dans le passaje les bras tandus et tâtone dans le noir. Qui donc est là ? Tobie m'attrape nous avançons vers la lueur.

On devrait faire dmi tour, murmure Tobie.

Chut, je réponds. Chut.

Je m'aproche à pas de lous et jaite un cou d'œil par dessu une poutre en m'y agripant. Mes ongles s'anfonssent dans le bois vermoulu. Je fouye rapidmant l'étroit boyau et distingue un home à jenous, éclairé par une flame. Je vois son visaje mais le reconnais pas. Cet home je l'ai jamais vu de ma vie.

Je tands l'oreille et conprans que l'home est en pleurs. Y l'a la figure toute gonflée.

Y suplie S'y vous plet. Je vous en prie.

Un autre home, caché dans l'ombre, lui a envoillé une grande torniole. Dans la pénombre, j'aperçois aussi la silouette d'un troizième laron.

C'est pas ce que vous croyez, assure l'home à jenous.

Son né pisse le sang.

On fesait que discuter. J'ai rien fait de mal.

Paf y reprend une torniole en pleine tête. J'ai un haulequeur.

Une discussion imprudante alor, assène l'home de l'ombre. Entréner les autres, leur monter la tête, on peut pas permètre de tels agissemants, tu crois pas Rickerbee ? Ici y a pas de place pour les désacsés. Tu savais pas que tout rassamblemant est défandu ailleurs qu'à la cantine et dans les dortoirs, ptêtre ?

Je le referai plu, gémit l'home qu'y zappèlent Rickerbee.

Ah ça nan, réplique celui de l'ombre. Pus jamais. Fini les rassamblemants, les discussions, les rébélions.

Y se tourne vers l'autre charjé de fraper et dit : Assure-toi qu'y l'a bien compris la leçon.

Et Rickerbee reçoit deu bafes de plus.

Rickerbee urle mais persone peut l'entandre, sauf moi et Tobie.

Bannissez-moi, qu'y supplie entre deus cous, bannissez-moi de la mine au motif que je suis un désacsé.

Ça, oui, tu vas être banni, rétorque l'home de l'ombre. Mais en attandant une bone leçon te fera pas de mal. T'arrête pas, qu'y dit à l'autre. Et les cous se mettent à pleuvoir.

Saigneur, sauvez-nous. J'ai peur qu'y le tabassent à mors, seulemant je peux rien faire. Tobie et moi on continue d'observer la sène – et pourtant c'est pas un spectacle pour des gamins. Soudin, mon pié glice et eurte une pierre qui dévale dans le tunel avec fraca. Je retiens mon soufle.

Y a quelqu'un ?

Tobie et moi on file pus vite que des lapins, et on franchit la barrière pour rejoindre la zaune autorisée. Je tire Tobie derrière moi, mon queur bat si fors que je le sens dans ma gorje. Je traine Tobie jusqua notre dortoir aussi vite que possibe, prenant mille détours pour semer les homes s'y nous poursuivent. Une fois surs que persone nous pourchasse, on s'arrête, or d'alaine.

Faut rien dire, je préviens aussitos Tobie. On a rien vu rien entandu.

Y loche la tête.

On va reprendre le travaye comme si de rien n'était et on en reparlera jamais, j'insiste. Compris ?

Y l'acquiaice encor.

Et si Sourissot se renfuit, tu le laisses filer. Compris ?

Y fait oui de la tête, les zieux rons.

Je lui donne une ptite caraisse sur la tête avant de tourner les talons. Je dois veiller sur lui, c'est ainsi. Y faut toujour faire attension aux plus ptits.

Je reprends mon soufle et retourne auprès de Jack. Les règles se discutent pas. Ne jamais sortir du rang. Garder la tête bessée. Le dur labeur, voilà ce qui nous procurera la récompense. C'est ce que je me répaite en retournant auprès de Jack et y me donne un cous dans les tibias pour me punir de mon retars.

Saigneur protéjez-moi. Jusqu'au soir, je travaye si dur que j'en viens à me demander si j'ai pas rêvé cette istoire de Rickerbee. J'ose même pas y penser. Alor j'éjecte ce souvnir au finfons de mon espris. Rickerbee egziste pas, je me dis en boucle. Pas plus que l'home de l'ombre. Et pourtant si. Je le sais. Je les ai vus, l'un comme l'autre.

Je prie encor plus fors et inplore le Saigneur de tous nous sauver.

Les jours de paye, après le travaye, les homes se lavent en deu temps trois mouvments et filent à la cantine. Certains courent même. Y galopent, tout joilleux et avides de bière. Nicholson, Skillen et Jack rient et se donent de grandes tapes dans le dos tout en se séchant près des pompes, ecsités rien qu'à l'idée de boire. Will et Joe sont muets comme dabitude, mais leur regars est incandessans. Tandis que je me lave, je reste auzaguet au cas où je verrais Rickerbee. Mais je sais que c'est impossibe, il travaye pas à cette heure-ci car je l'avais jamais vu auparavent. N'empaiche que je garde l'œil ouvert. Aucazou.

Thomas boit pas et nous les gamins on n'a pas le droit. Ce qui m'aranje car j'aime pas l'odeur de la bière. Ça me donne la nosée. Desmond pourait car il a pas loin de l'aje adulte mais y préfère rester avec moi et Tobie et Thomas. Nous nous instalons au foiller, une sorte de cabane parmi les rochers qui peut acceuyir une dizaine d'homes pour leur repos, mais dordinère, les gamins ont pas le drois d'y entrer. Le foiller comporte des bans bien plus beaus que les tables de la cantine. C'est un lieu confortable et chaud dans les entrayes de la mine. Je vois Tobie serrer Sourissot dans sa poche pour que persone le voie, même pas Thomas.

Le jour de paye est le seul où nous autres gamins on a le drois de pénétrer dans le foiller pisque persone s'y trouve. Thomas nous raconte des istoires. Parfois on en invente aussi, Tobie et moi, on crée un récis partant de rien qu'y se déploie comme par majie, des avantures de dragons, de sorcières, de chodrons et de possions aussi puissants que la bière que boivent les homes.

Sauf qu'aujordui rien est comme dabitude à cause de lui. J'aimerais qu'y soit plus là, Desmond, qu'y nous laisse tranquiles. Qu'y soit jamais venu à Gueule d'Ours. Thomas est mon ami et celui de Tobie, ça nous suffit. Je veux pas le partager. Tous les trois, on est soudés comme les dois de la main, et depuis que Desmond est arivé, on se dénoue peu à peu comme le lacet d'une bote. Je repense à ce que j'ai vu tout à leure avec Tobie, l'home de l'ombre, et je tramble.

En présance de Desmond j'ai pas anvie d'inventer d'istoires. Et si y se moquait de nous ? Si y disait des méchansetés sur nos istoires ? Que c'est pour les bébés ? Je reste muet, bras croisés et les sourcis froncés.

D'après Thomas, l'orthographe et les istoires sont très importantes pour savoir lire et écrire et partajer ses idées.

Desmond demande à Thomas pourquoi y va pas au foiller avec les autres homes.

C'est moi qui lui répons d'un ton sec : Pasqu'y l'aime partager son savoir avec nous. C'est tout.

Sauf que c'est pas la seule réson. Pas toute la vérité. Car Thomas est diférant, lui aussi. Y m'a raconté qu'à ses débus il a du se batre plus d'une fois, parler avec les poins, pasque les autres lui jetaient des regars à cause de sa pau sombre. Y me l'a raconté qu'une fois, pis plus jamais. Je parie qu'y l'en parlera pas à Desmond.

Thomas garde le silanse un lons momans, plonjé dans ses penseés puis commence à raconter une istoire comme dabitude. Y l'était une fois, c'est toujour ainsi que comencent les istoires. Puis y déroule un récit comme la prière du Saigneur mais en plus lons et, pardonez-moi Saigneur, mais baucoup plus intéressans.

Aujordui, c'est l'istoire de trois anfants qu'y s'apèlent Tobie, Crapouille et Desmond, trois anfants perdus dans les bois, au finfons d'une forêt profonde dont les branches noueuses se tordent audessu de leurs têtes. Au loin y distinguent une maison en pin des pices et en bombons, plus de sucreries qu'on pourait l'imajiner, certaines en forme de cane d'autres en chocola un alimant connu pour sa couleur brune et sa grande douceur. Rien qu'à y penser, j'en salive. J'essuie ma bouche avec ma manche.

Seulmant dans cette maison en pin des pices vit une sorciaire, esplique Thomas, une sorciaire qu'y se fait passer pour une gentille vieille dame et voilà qu'elle invite les enfants à entrer. Je vous ofre un festain et un peu de repos, elle leur promet, et clac, elle les enferme, les entrave avec des chaines. Ces enfants seront son diner.

Elle va les manjer ? demande Tobie, les zieux ronds de tereur.

Desmond sourit en coin et je voudrais faire disparaitre ce sourire mais Thomas tolère pas la violense. Alor je ravale ma colère, je la roule en boule et l'enfouis au finfons de moi.

Bien entendu, à la fin tout est bien qui finit bien comme toujour dans les istoires de Thomas. Tous les trois, Tobie, Desmond et moi nous tuons la sorciaire, et on la jète au feu. Pouf, elle part en fumée, réduite en sendres dans la chminée de sa propre maison, et nous vivons heureux pour toujour et a jamais.

Moi, je peux pas m'imajiner vivant heureux avec Desmond, même s'y a Tobie, mais je ferme mon clapet.

Pourquoi tu crées ces istoires ? demande Desmond. Pourquoi tu les invantes ? Ça egsiste déjà, les contes de fées, même pour des gamins encor plus jeunes.

Thomas se tourne vers lui, tout sonjeur. Ça fait passer le temps, qu'y répond. C'est des rèves, des istoires d'espéranse. Or que nous reste-til si on peut plus rêver ? Si on peut plus utiliser notre imaginassion pour échaper à notre prison ? Qu'est donc un home qu'a plus d'espoir ?

Desmond besse les zieux, on dirait qu'y l'a honte. Thomas énoncc toujour des parolles de sajesse. Parfois je les comprends pas bien mais j'aime les écouter qu'y s'écoulent de lui comme les cascades audessu du lac.

Y l'est déjà temps de quiter le foiller, comme toujour j'ai pas vu le temps passer, et nous retournons discrètment au dortoir où les homes pleins de bière ronflent et grognent come des porcs sauvajes. Dans cet étas, rien ne peut les réveiller. Thomas dit qu'y zont bu toutes leurs économies, et que demin ils auront plus rien.

Allonjé sur ma couche je m'ampêche de sonjer à Desmond qu'est une deu trois quatre couches plus loin. Je ferme les zieux et souhète qu'y disparesse.

Je pense à l'home de l'ombre. Qui peutil bien être, et où y se trouve-til à cet instans ?

Je tente de me calmer. Tout va bien, Crapouille. Ce Rickerbee avait dû faire une grosse bétise, voilà pourquoi y suppliait d'être banni de Gueule d'Ours. Tant qu'on garde la tête bessée et qu'on travaye dur, y a rien à craindre.

J'écoute les homes qui oquètent, rotent et pètent, et quelle puanteur y dégajent. Jusqua ce enfin le someye m'engloutisse.

Jack a mal à la tête et y l'est d'une humeur de chien toute la journée. Y suporte pas mieux que les autres l'ecsès de bière. Je tends mon panier pour qu'y le remplisse de charbon et ses mains tremblent. Je travaye aussi vite que je peux, mais rien trouve grasse à ses zieux. Y bougonne et rouspaite chaque fois qu'on hisse le panier rempli à rabord de charbon noir sur le wagonet.

On ajoute encor quelques morsaus audessu du tas, on remplit le wagonet autans que possibe puis je m'élanse, je le pousse le lons des rayes, de la pente rède. C'est dur, encor plus que les otres jours passque nos istoires au foiller m'ont tenu éveillé. Une fois, deu fois, je manque de trébucher. Surtous ne pers pas piez, Crapouille, au risque de glicer, fchhh, jusqu'en bas de la pente et que tout le charbon me dégringolle dessu, bim boum patatras, et m'ansevlisse. Y l'arive que des homes glicent, certins s'en sortent avec une simple fracture d'autres finissent écrasés, c'est le choix du Saigneur. Son grand projet.

Après avoir trébuché, je prie le Saigneur. Faites que ce jour soit pas celui de ma mors, c'est tros tôt pour me rapler à vous, Saigneur. Faites que ma journée s'achève dans ma couche, sin et sauf, pas écrabouyé ni broillé ni concassé au finfons de la mine.

J'arive au tunel prinsipal. Je tire sur le treuil et la poulie, clic clic clac, et l'attache aux quatre coins du wagonet, pis ho hice, de l'autre côté où un travayeur le récupèrera et le montera à l'étaje supérieur et ainsi de suite jusqu'au sommet de la mine, à la surfasse. L'autre face du monde.

Tout en vidant mon panier, je pense à la surfasse. Au siel bleu, au soleil, à l'odeur d'herbe frèche. Je sais que ça egsiste. Je les ai vus otrefois. Avant. Y a des années. Y a si lontemps. Aussi lontemps que les contes de Thomas.

Le dernier morsau de charbon disparet et j'abesse le wagonet, défais clic clic clac les attaches et je repars, retourne dans le trou où Jack m'attend, sans doute plus furieux qu'à mon dépars.

J'arive et constate qui l'a vomi. Ça pue et ça glice. Je lui dis de retourner se coucher, que je vais faire son travaye en plus du mien, mais ça fait que l'énerver davantaje. Alor je me bouche les oreilles et les zieux et continue à charbonner. La vaine est loin du tunel prinsipal alor chaque panier est plus lons à remonter. Avantière, j'ai du faire vint ou trente alléretours, mais aujordui, à peine quinze car je suis à plat. Les lendmains de bière, persone est en forme.

Et c'est dans moments-là qu'arivent les acsidants. Mais pas aujordui, mersi Saigneur. Dumoins, pas à notre étaje.

MAINTNANT, Desmond partissipe aux leçons d'orthographe. Saigneur, accordez-moi la passianse. Y prétand qu'y sait déjà lire et écrire mais qu'y veut continuer à s'entrainer, qu'y peut même nous éder. Moi j'en veux pas de son ède alor je m'assois le plus loin possibe, cétadire pas bien loin car notre ptit coin, notre ptite impasse, est très étroite. Tobie s'assoit à côté de Desmond et faut admettre que Desmond a changé d'attitude anvers lui. Y se montre plus doux. C'est ptêtre une tactic pour entréner les jens.

Crapouille, t'as fait de grands progrès en orthographe, dit Thomas qui tarit jamais d'élojes à mon égars.

Je lui souris, un sourire qui court d'une oreye à l'autre. Desmond me regarde et lui aussi sourit, doux comme un aniau et j'ai la nosée comme si j'allais vomir. Je sens la chaleur et la gêne qui me font roujir alor que je détourne les zieux.

Avant d'ariver, je sais qu'y l'a chuchoté quelque chose à Thomas. Moi et Tobie on était en retars, et je l'ai entandu. Y parlait très bas mais avec une certaine forse. Une intensité surtout. Thomas murmurait nan nan nan, mais j'ai de bonnes oreilles, mon ouie est plus fine que la plupars des jans. Une fois j'ai entendu un ptit scarabé qui grimpait le lons du mur du dortoir. Vert comme l'herbe frèche un jour d'été. Y l'est pas resté lontemps, un jour plus tard y l'avait disparu et seul le Saigneur sait ce qui lui est arrivé. Quoiqu'y l'en soit, à présant Thomas est aussi calme que dabitude. Alor je sais pas ce que trafique Desmond mais Thomas lui résiste et ça me rassure.

Le lendmain, j'intercepte Thomas sur le chmin des pompes.

Prends garde, je lui dis. Garde à tu-sais-qui. Y m'inquiète, Thomas, et je m'inquiète pour toi.

Thomas éclate de rire. Inutile de veiller sur moi, Crapouille, il me dit. Aucune raison d'avoir peur de ce gars-là. C'est lui qu'a peur, même s'y le montre pas. Et pis y se sent seul. Y se porterait mieux s'y l'avait un ami de plus. Un seul ami, c'est pas sufisant.

Y me donne une tite tape sur la tête comme quand j'étais tout gosse.

Thomas veut que je sois ami avec lui. Voilà ce qui l'a voulu dire. Mais je peux pas. Pas après avoir vu de mes zieux les conséquances de certènes pensées et certènes parolles défendues, comme ce qu'est arrivé à Rickerbee. Et je peux pas être son ami après ce que j'ai ressenti quand y m'a souri. Son mot si danjereux. Son histoire de révolussion. Et son nom qui peut pas être qu'une simple coïnsidanse. Démon. Est-ce possibe ?

SAIGNEUR SAUVEZ-NOUS. Desmond a disparu. Évaporé. Pffft. Volatilisé comme si l'avait jamais egzisté.

Quand je m'éveille le lendmain matin, sa couche est vide. Dabord, je pense qui l'est allé au lac pour se laver ou pour pisser, mais ça tient pas la route, à Gueule d'Ours on se lave le soir après le travaye quand on est sales et tout couverts de charbon. Pas le matin, qui serait une perte d'eau et de temps. Les autres s'éveillent et partent à sa recherche en criant son nom. Y l'est ni à la cantine ni près du lac ni nulpart.

Jack siniale sa disparission à M. Sharp. Monsieur Sharp. Thomas dit que ça s'écrit mon-si-eure. Pourquoi ? Seul sait le Saigneur.

N'ampêche qu'y l'est plus là, Desmond. Envolé comme la sorciaire dans la chminée. J'arive à peine à le croire.

Thomas pense qui s'est enfui. C'est ce qu'y dit. Ptêtre parlaient-ils de ça l'autre jour.

Cette nuis-là je quite ma couche quand tous les autres sont endormis et file jusqu'au lac, silensieux comme un chat. Le lon du chmin, je sens les rigoles, franchis les rayes, avance en crabe sur la rive. J'ose pas me baigner, de peur que quequ'un soit là malgré l'heure et qu'on me dénonse – y l'est défandu de se bénier sans payer. Mais j'écoute et scrute les environs un lons momans. Je tends l'oreille. Rien, je perçois rien que l'eau qui lape la berge. Je plonje les mains et sens les ptits poissons aveugles qu'y me griniotent les dois. Je respire l'aire du lac et me laisse sumerger par la vague de fraicheur.

À Gueule d'Ours, les fujitifs egsistent pas. On acsepte notre sort, point. Et les règles sont les règles, comme disent Jack et les autres. On travaye et on gagne notre croute. Parfois, les tout ptits gamins pleurent à leur arrivé. Par peur du noir, de la chaleur, y pleurent pour s'endormir mais bientôt, y comprennent que pleurer mène nulpart, alor y cessent. Comme moi. À mes débus, je sanglotais sans arrêt, m'a raconté Thomas. À présant, je me souviens même plus de la dernière fois que j'ai versé une seule larme.

Le plus étranje, c'est qu'en vérité, la disparission de Desmond me touche. Je me sans un peu triste. Et pis un peu coupable. Et si je m'étais trompé sur son conte ?

Un démon, ça prend pas la fuite.

Un gamin, si.

Le temps foncsionne diféramant au finfons d'une mine. Là-haut, on voit les sésons qui chanjent, les feuyes qu'y roujissent et qu'y tombent et s'enroulent et disparessent dans la neige. Mais à Gueule d'Ours y fait sombre en permananse. C'est obscur, chaud, humide et rempli de charbon. Tous les jours, toutes les semènes, toute l'année. Pour toujour et à jamais.

Mais au moin, c'est chez nous. Notre chaleur, notre obscurité, notre umidité. Tous, nous formons une équipe. Une ptite équipe qui fait partie d'une grosse, et cette grosse équipe et toute la mine foncsionnent comme une machine jigantesque, avec nous qu'agissons comme des ptits boulons. Sans les trappeurs, la mine sufoquerait ou ecsploserait à cause de la mofette. Un travaye sertes fassile mais essentiel. Nécécitant d'être sans cesse auzaguet. Un rocher peut dégringoler à tout instans, tranchans au poins de secsionner le pié d'un home. J'ai vu ça une fois. Saigneur faites que je revois jamais une telle sène. Depuis ce jour, j'ai jamais suporté de travayer dans cette partie-là de la mine qu'est connue pour ses éboulemants. Quand on a vu un piez séparé de sa jambe, on prie pour que ça arive plus jamais. Jamais jamais.

Depuis quelque temps, Jack a la toux. L'une de nos pires crintes à tous. La toux. Chaque nuis, on l'entend qui tousse tousse tousse. Telment que certins se fachent. On a tous eu la toux à un moment ou l'autre mais cette fois, c'est grave. Y l'a toussé des morseaux noirs à la cantine. Je les ai vus dans ses mains, de la bave noire.

Aujordui, un acsidant a eu lieu. Deus étajes plus haut. Nous avons tous entendu l'ecsplosion. Tous senti les vibrassions le lon des murs et jusque dans nos jambes, dans nos os et dans nos côtes.

Thomas dit que sète gars sont mors. Sète. Je conte sur mes dois, ça fait une main entière plus deus. Dans notre dortoir y a dix couches collées les unes aux autres, des lis superposés et suspendus aux murs de chau – cette chau qui s'efrite rien qu'en la grattant. Coment je me sentirais si sète parmi nous s'en allaient, Souflés par une ecsplosion ? Je conte les couches, dabors celles du bas. La mienne à côté de Thomas à côté de Tobie à côté de l'ansienne d'Harrison, puis la vieille couche de Gambles et tout au bous, celle où Desmond dormait avant. Puis les couches d'en haut. Jack audessu de moi, Nicholson audessu de Thomas, Skillen audessu de Tobie et les Davidson, deu jumaux muets qu'ont jamais prononsé un mot depuis le temps que je les conais, Will audessu de l'ancienne couche d'Harrison et Joe audessu de Desmond. Sète gayards. J'imagine notre dortoir sans eux, tous disparus sauf Tobie, Thomas et moi, et j'en ai la nosée.

La cause de l'acsidant serait une de ces nouvelles lampes qu'y zont aux étajes supérieurs, selon le contremaître. Deu lampes même, dont une ouverte à l'avant. Pourtant d'après Jack, les homes ont drois qu'à une lampe pour deu, passqu'elles coutent baucou plus cher que les boujies.

Simples suposissions, a dit Thomas. Les mors sont plus là pour nous doner leur version.

Et tout le monde oche la tête gravement.

Thomas conait les ecsplosifs. À notre étaje, sa tache est d'ouvrir les vaines de charbon. Sans nul doute le poste le plus danjereux de la mine. Y faut conaitre la roche, sentir où sircule le charbon puis placer la dinamite au bon endroit. Et doser. Pas trop, pas trop peu, et après on comense à piocher. Je suis plonjé dans mes pensées quand Jack arive.

Y parlent d'étandre la mine, y l'anonse, creuser encor plus profons.

Pis y baisse la voie pour ajouter : Et d'envoyer les plus ptits gamins dans les Tréfons, pour racler encor plus la croute terrestre. Y zapèlent ça du charbon vierge. Un matériau préssieus mais rare et très dur d'acsès.

Jack promet qu'y lessera persone m'envoyer dans les Tréfons, qu'y se battra pour moi – on forme une bonne équipe tous les deu – mais y sait bien, et je sais aussi, qui reste plus autans de gamins qu'otrefois à Gueule d'Ours. Plus depuis le glissment de terrin de l'année dernière. Les gamins, on a besoin de nous partout pour attindre les vaines étroites et nous fofiler dans les crevasses.

Cette nuis-là, je ferme par l'euye par peur des Tréfons. On raconte que c'est plein d'eau noire, là-bas, et qu'à chaque cou de mandrin cette eau éclabousse. Parait qu'elle dévale les tunels et qu'on a sans cesse les piés trempés. Qu'en vérité, persone peut distinguer le charbon des parois tant la roche est noire. Sauf qu'à Gueule d'Ours, on nous paye pas pour récolter des cayous.

Je pense aussi à Desmond. Est-il en vie ? Erre-t-il dans les tunels, perdu comme un ptit aniau, tout seul et afamé ? Je chasse cette idée, comme celle de l'home de l'ombre et Rickerbee. A quoi bon penser à ces gens-là ? Rickerbee est pas des notres. On le voit jamais à la cantine. Y vient d'un autre étaje de la mine alor je dois l'oublier. Son sort est entre les mains du Saigneur.

JACK EST PARFOIS UN SACRÉ FUMIÉ mais y l'est mon hercheur et, dans le fons, je l'aime bien. Ce matin à la pitanse, j'apersois un type apelé Walsh. Walsh est le contremaitre qu'aurait parlé de deu lampes lors de l'ecsplosion alor qu'on sait que c'est faux. Je l'avais encor jamais vu mais y l'ont changé de service et y fait les mêmes oraires que nous désormès. Je peux pas dire qu'y m'inspire confianse, Walsh. Grand avec une figure en lame de coutau et des cheveux roux tout érissés. Son visaje est… je sais pas. Y l'a quelque chose de movais. Profondémant movais. Des ptits zieux porsins au milieu d'une tête de biche parsemée de taches de rouçeur.

Y fixe Thomas comme si l'avait encor jamais vu une peau noire. Ptêtre que c'est le cas, d'ayeurs, mais c'est impoli de dévisajer de la sorte, et Jack le lui dit tout aut. Walsh sourit… et pas un sourire émable. Un sourire qu'a tout l'aire d'un avertissment.

Avec la poussière de charbon, tout le monde ici est noir, fait remarquer Thomas. Et y l'a bien raison. Depuis mes débuts, on a vu ariver des jans du coin autans que de villajes lointains. Après un jour à la mine, tous sont noirs comme la nuis. Le Saigneur s'embarasse pas de couleur – et quand y considère que notre tour est venu, y nous rappelle à lui. Point. Nous somes que ses pions.

Mais, ici, mieux vaut pas se faire d'ennemis. Un seul home peut vous gacher l'egzistanse. Ceux qu'on apèle les désacsés. Si vous faites des ennuis, vous devenez un désacsé. Et laissez-moi vous dire qu'y a plu d'une fasson de se débarasser d'un désacsé dans une mine, ça oui. On rajoute quelques pierres à votre wagonet quand y vous avez le dos tourné, on vous envoie travayer dans une zaune plus éloignée, ce qui fait plus de chmin à parcourir, plus de pois à porter, plus de travaye et moins de retours. Pis on vous tacse de féniantise et votre temps est conté. C'est ainsi qu'ça marche.

Pus tard, Jack me dit : Fais gafe à Walsh.

On est tous soulajés que Walsh ocupe pas l'ancienne couche de Desmond ni celle qu'est libre.

Garder la tête bessée, travayer dur et tout ira bien. C'est ce que dit Jack. Les règles sont les règles. Alor j'obéïs. Comme toujour.

Pour Tobie Thomas et moi, c'est redvenu comme avant Desmond. Trois jours ont passé, trois jours depuis sa disparission mais des fois, je me demande si je l'ai pas révé. Révé que Desmond a été là, qu'y batifolait flic floc dans le lac avec son cors tout propret et couvert de bleus. Révé de sonaire absant dans la Galerie du Saigneur.

Mais je sais. Je sais que c'était pas un rève. Comme l'home de l'ombre. L'home de l'ombre était pas un rève.

Thomas voit qu'y faut me chanjer les idées alor le Jour du Saigneur, y m'emnène avec Tobie voir les ponets au lieu d'aller au lac. Après la maisse, y l'allume une de ses précieuses chandèles et nous conduit dans un tunel, puis un autre, puis encor un et on arpante des dizènes de tunels, ptêtre des centènes jusqu'ariver aux ponets. Je les sens avant même de les voir.

Leur parfin de foin sec, leur halène chaude et cette odeur de terre, une senteur animale pure. Ce sont des ptits ponets, pas plus hauts que Tobie mais gentis et tout lovés dans leur écurie blanchie à la chau avec une tite ardoise indiquand chacun leur non. Étoile. Majore. Éclère. Et d'autres. Je passe le dois sur leur nom pour déchifrer. Savoir lire est un pouvoir majique, tout comme savoir écrire, même tout juste, ce qui est mon cas.

J'adore les ponets, bien que je les voie raremant. Je passe la main dans leur criniaire courte et colle mon visaje contre leur encolure pour renifler leur odeur puissante mélée de moisi. Les ponets murmurent entre eux, y se parlent dans un langage chevalain que je comprends pas mais Gayard, le gamin qui s'ocupe d'eux – Gary McAllister est son vrai non mais tout le monde l'apèle Gayard – lui les comprend. Y sait leur parler. Leur murmurer aux oreilles et leur doner des ordres.

Comme toujour, je demande à Gayard : C'est pas cruel d'enfermer des bêtes dans une mine ?

Y me me toise et réplique en machonant un brin de paille : Pas plus que d'enfermer des zumins.

Esse-qu'y rèvent de chans, d'arbres et d'herbe fraiche ?

Gayard ausse les épôles On sait pas ce qu'y rèvent. Ptêtre comme nous, y rêvent du Jour... du grand Jour.

Y caraisse Majore, un blanc tout pommelé. Ses pois gris sont si rons qu'on les croirait décinés à la main. Majore est mon préféré. Y me renifle avec son musot rose et velouté, et son soufle chaud me chatouye les oreilles.

Je reste aussi lontemps que possible. J'en profite, comme dit Thomas. Gayard s'éloigne jamais de ses ponets, sauf cas de force majeure. D'après Thomas, y préfère les ponets aux homes. Coment lui en vouloir ?

A Gueule d'Ours, on a droit à deux vrais pitanses par jour. Deux. Dé eu û ics. Pourquoi un ics à la fin, qu'on peut ni voir ni entendre ? Mistaire. Mais Thomas dit que c'est comme ça, alor c'est vrai.

Le matin, c'est bouillie et le soir, après une journée de labeur, viande et patates, elles aussi bouillies. Chaque jour que fait le Saigneur. Parfois, la viande et les patates sont à peine tièdes mais ça me va, c'est ainsi que je les aime. Car y fait chaud à Gueule d'Ours, vraiment chaud, et la nourriture fait qu'augmenter la transpirassion.

On raconte qu'une fois, trois homes sont mors le même jour à forse de transpiré, y zavaient sué toute l'eau de leurs cors. Dificile à croire mais c'est ce qu'on raconte. Voilà pourquoi je manje jamais chaud. Trop danjereus pour notre santé.

On prend nos deux pitanses au réfectoire, atablés à des longues tables, chacun avec les travayeurs de son dortoir. La pièce est qu'à moitié ramplie à cause des roulemants de service, ormis du Jour du Saigneur où tous les homes de la mine sont réunis. Les autres jours, Gueule d'Ours foncsione vinte catre heures sur vinte catre. Moi, je travaye du matin au soir, d'autres toute la nuis. En vérité aucune diférense vu que persone voit jamais la lumiere du jour.

À midi on a droit à un quinion que Tobie et moi manjons pendant notre leçon d'orthographe. Du pain empaqueté dans du papier à conserver au finfons de notre poche, sinon c'est les rats et les souris qui s'en régalent. Tobie donne son pain à Sourissot pour qui fasse aucun bruis. Je crois que Thomas se doute pour Sourissot, avec ses zieux persants et son érudission. Mais y l'a jamais rien dit, alor je me trompe ptêtre. Pandant la pitanse, Sourissot dort dans une boite sous la couche de Tobie, et aussi la nuis. Le garnemant s'est plus jamais enfuit depuis la première fois. En général, le pain est rassi mais c'est mieux que rien. Moi je range mon quinion dans la poche de ma chemise, bien à labri avec ma boite d'alumètes.

Aujordui, on retrouve Walsh à la cantine. Y luit à la flame des boujies. Tout le monde parle de cette fameuse électrissité qui va ariver à notre étaje sous peu, mais moi, je sais pas quoi en penser. Paraît qu'à certins étajes du dessu y l'ont déjà mais que persone sait encor la faire dessandre si profons.

Walsh m'observe pis son euye s'arrête sur Tobie. Son regars me plaît pas. Mais je peux rien faire, alor je manje ma viande et mes patates en gardant le silanse.

« Silence », corije Thomas, Eu ène cé eu. Ilogique, une fois de plus. Mais si Thomas dit que c'est comme ça alor c'est vrai. C'est une règle. Et les règles c'est les règles.

MARDI SOIR. Nous rantrons au dortoir après le dîner et c'est un choc qu'y nous attend. Saigneur sauvez-nous tous. Desmond est de retour.

Son visaje est bleu et noir d'un coté et tout anflé. Un de ses zieux est gonflé aussi, telment qui peut plus voir avec. Y reste allonjé sur sa couche sans rien dire.

Rien.

Y nous l'ont rendu, déclare Jack. Les fujitifs sont toujour rendus. Y le dit assé fors pour que Desmond l'entende à cou sur.

Thomas dit qu'à mes débus, j'ai esseyé de m'enfuir.

Je parle pas à Desmond. Mais je l'observe.

Je pensais pas reposer un jour les zieux sur lui. Pourtant, le voilà. C'était donc pas un rève.

Je suis mêmc assé content de son retour. Je l'admets.

Mais je ressens autre chose aussi. Un movais pressentimant, comme dit Thomas. À l'intérieur.

Une semène antière s'est écoulée. Entière, corrige Thomas. Eu ène té i euh ère eu. Ces sons « an » m'énervent, je lui dis. Y zont ocune lojique. Des sons identiques qui s'écrivent diféramment. Saigneur sauvez-moi.

Une semène entière s'est écoulée depuis le retour de Desmond et y l'a toujour pas prononsé un seul mot. Thomas a bien essayé de lui parler, et plus d'une fois, mais y fait que détourner la tête. Je lui ai donné une pomade pour ses bleus, y l'a prise sans commentère, juste un ochemant de tête pour dire mersi. Le bleu sur son visaje vire au vert. Desmond délaisse les leçons d'orthographe. On le voit guerre qu'à la cantine et au dortoir. Y se recrocville sur lui-même et évite les regards.

Mais Thomas besse pas les bras. À moi et Tobie y dit : Y faut persévérer car Desmond, povre bougre, a besoin d'apaisment et de compassion.

Sauf qu'iciba, l'apaisment et la compassion sont pas notre fors. Pour tenir, y faut être solide. Résistant comme nos vieilles botes.

Comme des botes neuves, plutôt. Seulement, les botes neuves sont chères et on les finanse sur nos propres deniés, comme tout le reste. Les miennes me serrent les chevilles et pinsent mes orteyes mais faute de sous, impossibe d'en acheter des neuves. Persone en achète des neuves à moins de plus avoir le chois.

Desmond doit s'endursir, clame Jack. Certes, à Gueule d'Ours, la vie d'un gamin est rude mais c'est la volonté du Saigneur. Jack dit ce janre de choses parfois, quand est tous couchés et qu'on attand de sombrer dans le sommeye. Les mines sont la créassion du Saigneur, nous sommes la créassion du Saigneur, nous et le monde entier. Le Saigneur consoit tout : nos vies, notre travaye, notre respirassion, tonne Jack.

Amen, on murmure, ormis Desmond qui parle toujour pas. Thomas soufle la boujie.

Je suis sur le point de m'assoupir quand une voie résone dans le noir. Celle de Desmond.

Et M. Sharp, alor ?

T'as retrouvé ta langue ! réplique Jack puis y ricane. Quoi, gamin, quoi M. Sharp ?

Qui l'a nomé chef de la mine ? Le Saigneur ?

M. Sharp a été nomé par le Maître, répond Jack.

Et le Maître ? Qu'y lui a doné sa foncsion de Maître ? demande Desmond.

Jack réfléchit. Je l'entends cogiter à travers les parois de son crane. Ses pensées tournent comme des roues. Je dis rien, j'écoute.

Ben y l'en a hérité, répond enfin Jack. Passque telle est la volonté du Saigneur.

Y a un silence. Brisé par Desmond : Pourquoi ?

Jack rit. Pourquoi, gamin ? Pourquoi ? C'est au Saigneur de le dire, pas moi.

Pourtant, Desmond répette : Pourquoi ?

Jack se tourne vers lui tel un gros rat face à un ptit mulos. Y rit plus du tout. Y l'est très sérieux.

Gamin, les pensées d'insoumission sont impies. La volonté du Saigneur est la volonté du Saigneur, c'est ainsi et c'est tout. C'est lui qui décide pour la plus tite créature comme le plus grand espris humain, lui seul. Tel est son grand projet.

Tous nous disons amen, sauf Desmond.

Pourquoi ?

Un mot si simple, pourquoi ? Voilà lontemps que je l'ai pas moi-même prononcé. Pas depuis mes débus. Ça faisait si lontemps qu'y avait pas eu de nouveau que j'avais presque oublié.

Otour de moi, je sens les autres qu'y s'endorment. Y ronflent et grognent comme de vieux hérissons mais moi, j'arive pas à dormir. Je pense qu'à une chose, ce mot qui tourne et tourne dans ma tête comme une pièce pivotant sur sa tranche. Pourquoi ? Pourquoi ? Pourquoi ?

J'essaye de l'écrabouyer, de l'écraser dans mes pensées, vilain mot. Je jigote, je remue, j'essaye de trouver une posission confortable mais mon cerveau bouyonne tros, pourquoi pourquoi pourquoi, jusqua ce que mes zieux se ferment. Pourquoi pourquoi pourquoi.

Saigneur protéjez-moi. Saigneur, protéjez-nous tous.

AUJORDUI EST PAS UN BON JOUR. Je suis épuisé et donc pas aussi préssis et agile que dabitude.

Arrivé en haut du tunel prinsipal, je défais les attaches du wagonet et le panier manque de me tomber dessu. Saigneur préservez-moi. À vrai dire y l'est pas si lours, une fois vide, mais quand même, j'ai eu une sacrée frailleur. Ça prouve bien que je suis pas consantré sur ma tache. Je reste imobile comme un potau plusieurs segondes et retiens mon soufle. Puis une grande inspirassion, je conte jusqua trois et repars dans les entrayes de l'enfer où m'attand Jack.

Jack, par prinsipe, parle peu pendant le travaye – souvent je dis à Tobie pour plaisanter qu'y fait ses réserves pour la cantine, comme avec les sous. C'est vrai, on croirait qu'y l'a une réserve de mots par jour et qu'y déborde jamais. Sauf aujordui.

Ce gamin, y dit en secouant la tête tandis qu'on remplit le panier, ce gamin devrait être plus prudant. Y sait donc pas qui l'est défandu d'outrajer le Saigneur ?

Je réponds pas. De toute fasson, Jack attand pas de réponce. Jamais.

Tu veux que je te dise la vérité ? continue Jack. Le Saigneur décide tout, ce monde est le sien, et nous somes à son imaje. Comme dit la prière : si nous a envoillés iciba dans les bafons de la terre, c'est pour expier les péchés de nos ayeux. Et autans que je sache, y nous a pas anvoillé de signe que notre sort allait chanjer. Je me trompe, ptêtre ? y crie, sans attandre ma réponce.

Alor ce gamin ferait mieux d'être plus prudant, continue Jack. Faut jamais remettre en cause la parolle du Saigneur, ou on s'attire de lours ennuis à cous surs.

Je renifle. C'est vrai, quand je pense à Desmond, c'est des ennuis que je vois ariver. Des ennuis et l'agitassion de tout mon être, une nervosité jamais ressentie oparavant.

Mon wagonet est de nouveau plein alor je m'élanse en poussant jusqu'au somet de la pente. À chaque expirassion je remplis tout le tunel rien qu'avec mon soufle.

J'essaye de chasser les pensées qu'y l'a mises dans ma tête. Plus réfléchir à rien mais voilà : je sais plus *à quoi* je pensais jadisse avant que Desmond arive. Aux oisaux ? À l'herbe ? À l'orthographe ? À présant, la seule chose qui me préoccupe est sa figure couverte de bleus. C'était quoi, ces bleus ? Coment y les a reçus et pourquoi ?

Chacun de mes pas résone dans ma tête. Pourquoi ?

J'imajine son visaje sans les bleus et ses zieux noirs de charbon telment persants qu'y pouraient acséder à mon âme elle-même pour l'observer. Pourquoi faut-il respecter les règles ? Pourquoi est-ce si cher de remonter à la surfasse ? Pourquoi payer autans pour des botes qui s'abiment si vite ?

Je voudrais ampêcher mes pensées de partir dans tous les sens mais impossibe de les contenir. Ce qui tourne dans ma tête sont idées impies. Je me répette C'est ainsi. C'est comme ça et c'est tout. Ce sont les règles.

Mais mon cervau me joue des tours. Quand enfin j'arive à ordoner mes pensées, un mot résonne encor tout seul. Pourquoi. Pourquoi.

Pour me distraire je révise mon orthographe, j'épèle chaque mot en avant pis en arrière jusqua esclure de mon cervau le mot défendu.

J'aurais préféré que Desmond revienne jamais.

MOI ET TOBIE ATTANDONS THOMAS. On attand on attand, mais y l'arive pas. Alor on fait la leçon d'orthographe sans lui. On parcourt la liste par ordre alfabétique comme y le ferait. Mais on alume pas de chandèle car, à vrai dire, on est un peu justes en boujies cette semène alor on reste dans le noir et on réssite comme des perroquais.

A pour abattage

B pour boujie

C pour charbon

D pour dortoir

E pour étanson qui soutient le toit de la mine

F pour flame

G pour grisou

H pour hercheur

I pour inondassion quand l'eau envaït un étaje

J pour Jack

K pour kage d'assanseur qui monte et dessand les étajes

L pour lumiere

M pour mofette

N pour nuis comme équipe de nuis

O pour oublier

P pour ponet. Et pour « pourquoi », une question que je veux pas me poser

Q pour question

R pour raye

S pour Saigneur

T pour travaye

U pour umide telle qu'est l'atmosfère de la mine

V pour ventilassion

W pour wagonet

X pour xplosion mais Thomas m'a déjà dit que ça s'écrit pas ainsi

Y pour yeux que j'épelle jamais correctemant

Z pour Zebediah qu'est le prénom du Maître d'après ce qu'on m'a dit, mais y l'est interdit de l'apeler autremant que M. Johnson.

On répette encor et encor jusqua en avoir assé, même Tobie qu'a pourtant la passion des mots.

Enfin, on apersoit Thomas à la fin de son servisse, près des pompes à se nétoyer. Je lui demande où y l'était. Y répond qui l'avait une affère à régler. Ce qu'en dit lons car Thomas a aucune affère. J'en déduis que ça doit sinifier Motusse et bouche cousue, je t'espliqucrai plus tars.

Mais je dois me tromper car y l'esplique rien à la cantine, ni au dortoir, ni tout le lendmain y compris à la leçon d'orthographe qui passe comme si de rien était. Je devrais oublier, mais à chaque fois que ses zieux bifurquent vers Desmond, je peux pas faire autrement que me poser des questions.

Aujordui à la cantine, Walsh s'est batu avec Jack. C'est arrivé d'un cous, y se sont sauté à la gorje avant que persone puisse s'interposer. Quand Thomas et Skillen les séparent enfin, les frères Davidson doivent en retenir d'autres qu'y voulaient se joindre à la mélée, avec l'ède de Desmond qui fait pourtant profil bas depuis le soir où y demandait sans arrêt pourquoi.

Faut dire que Walsh est pas une persone aprés-siée. Y joue les tyrans et y en a plus d'un à Gueule d'Ours qui rève de lui en coller une et même deux. Mais Will et Joe, les jumaux Davidson, sont des types sérieus. Y veulent pas de bagarre à la cantine surtout quand certins ont pas encor manjé, passqu'iciba y a pas assé de nourriture pour se permètre de gaspiller.

Walsh a le né qui pisse, y toise Jack comme s'y voulait l'assaciner rien qu'avec ses zieux. Jack en revanche sourit, tros heureus de s'en être si bien sorti.

Mais Walsh a l'aire movais, si movais qu'à sa place je serais pas rassuré.

Méfie-toi Coombes, grogne Walsh les dants serrées.

Jack ricane.

Méfie-toi toi-même, il répond. T'es pas un home aprésié iciba alor celui qui doit être sur ses gardes, c'est toi.

Jack rit encor. Même le ptit Tobie sait mieux se batre que toi ! il ajoute.

Les zieux de Walsh pivotent vers moi et Tobie, pis sur Thomas et reviennent sur Jack. À croire qu'y s'imprègne de nos visajes, y les ficse dans sa mémoire. Y les grave dans sa tête. Thomas me tire près de lui, sans quiter Walsh des zieux.

C'est pas nous qu'y nous bations mais on dirait qu'on s'est quand même fait un ennemi.

JACK PRÉTAND QU'Y VOULAIT NOUS DÉFANDRE. Que Walsh me reluquait en disant Quelle belle plante, avec un sourire en coin. Je peux pas jurer que Jack dit vrai car parfois y raconte des bobars. Tout de même, sur le chmin du dortoir, Thomas m'avertit de garder mes distanses avec Walsh.

C'est déjà le cas, je lui fais remarquer. J'y suis pour rien s'y se sont bagarrés.

Thomas oche la tête pis lève la main et la pose en dousseur sur ma joue. Je veille sur toi, Crapouille. T'es un ptit ange. Comme mon propre enfant. Y sourit et son visaje s'éclère. Jamais y m'avait dit une chose pareille.

Comme son propre enfant. Je bois ces parolles et les garde en moi comme une protecsion contre le mal.

Je sais pas quoi répondre alor je fais que sourire et lui tapoter la main. Avant d'ariver au dortoir, je sens un contacte sur mon épaule. C'est Desmond. Y me salue de la tête, première fois depuis une éternité qui me regarde drois dans les zieux. Je réponds de la même manière et y s'éloigne d'un pas rapide alor je sais pas quoi penser.

THOMAS A ENCOR MANQUÉ la leçon d'orthographe. Malgré cette istoire que je suis comme son enfant, y s'intéresse de moins ou moins à mon instrucsion et à celle de Tobie.

Je les ai pas vus parler de mes propres zieux, lui et Desmond, mais je suis certin que c'est la réson de son absanse et ça me met or de moi. Thomas est notre ami. À nous. À moi et Tobie qu'y le conaissons depuis des années alor que Desmond est ici depuis pas un mois.

Surtous je m'inquiète. Pour Thomas. Je repense à ce qu'est arrivé à ces homes mors dans le lac. À Rickerbee batu et banni. Si Thomas et Desmond machinent quelque chose, c'est ainsi qui pouraient finir.

Aux pompes ce soir-là, pendant que tout le monde se dézabille, je reste auzaguet mais toujour aucun signe de Thomas. Pis Desmond arive, parmi tous ces cors caotiques, et enfin je l'apersois. Walsh. Qui me reluque avant de s'assoir. Y la un tatouaje sur le dos, noir comme du charbon. Une fasse de loup qui me regarde. Walsh me sourit par-dessu son épaule. Je détourne le regars et demande à Tobie s'y s'est bien nettoillé la figure pour la cantine. Jack donne une grande tape dans le dos de Walsh comme si zétaient meilleurs copins du monde mais c'est loin d'être le cas, et Walsh a l'euye qu'étincelle tel un chien afamé qui pourait vous dévorer d'un cou de cros.

THOMAS ARIVE QU'APRÈS le débus de la pitanse. La mine sombre, très sombre. L'aire de porter le poids de la mine sur ses épôles. Y s'assoit à notre table et anvoie un regars à Desmond en secouant discraitement la tête.

Où t'étais ? je lui demande. Moi et Tobie on t'a atendu pour la leçon.

J'avais un ampêchement, y répond. Pardon à vous deux, je pouvais pas faire autrement.

Alor t'étais où ? ainsiste Tobie et Thomas sourit.

Je tantais d'obtenir l'impossibe.

Jack tand l'oreille et voilà qui sen mêle.

Obtenir quoi, Thomas ? y demande avec un sourire narcois. Nous débaracer de notre ami Walshou ?

Thomas secoue la tête. Patiense jusqua ce soir et je vous espliquerai tout.

Jack est aussi intrigué que nous autres alor on avale notre dîner à toute vitesse et se dépeche de rentrer au dortoir.

Thomas vérifie plusieurs fois que persone nous a suivis puis installe la planche de bois qu'on utilise comme porte contre les rafales qu'y balayent les tunels.

Jack se frotte les mains comme si l'allait écouter la meilleure istoire de sa vie, mais dabors Thomas nous fait assoir en sercle. Nos ombres tremblottent sur les murs blanchis à la chau.

J'ai réclamé plus d'argent pour nous tous, annonce Thomas et il anvoie un cous d'euye à Desmond. Une augmantassion car nous avons tous fain. Et nombreux parmi nous ont des botes trouées.

Son regars s'arrête sur mes piés puis y reprend.

J'ai demandé une ausse générale des salères à M. Sharp, et y l'a répondu que de telles décisions lui apartiennent pas et qu'y faut en parler à M. Johnson.

Jack ricane. T'as pas fait une chose pareille, quand même ? T'as pas été voir le Maître en persone ? Sacré culot de réclamer des sous à M. Sharp ! Bizare qu'y t'ait pas mis son poins dans la figure.

Thomas s'éclairsit la voie et précize : J'ai parlé avec grande politaisse.

La politaisse mène à rien iciba ! grogne Jack. Pas vrai, les gars ?

Skillen grogne aussi ainsi que Nicholson mais les Davidson restent muets comme des carpes.

La politaisse m'a permis d'avoir un antretien avec le Maître, insiste Thomas, et le silence revient. Y l'est venu me rancontrer dans le burau de M. Sharp, et les lumieres étaient si brillantes que j'en avais mal au zieux. Mais je peux vous le décrire tel qu'y l'est. Le Maître est un home aussi grand qu'on le raconte.

Plus grand que nous tous. Et y porte un chapau plus haut encor que sa prop tête.

On se panche pour l'écouter attantivement, aucun de nous a jamais rancontré le Maître qu'est une créature casimitique ou léjendaire, comme une licorne ou un grifon.

C'est un home de fer, continue Thomas. Qui considaire qu'on est assé payé comme ça.

Jack ricane et déclare : Notre salère est la volonté du Saigneur, Thomas. Les hercheurs sont payés soissante sous depuis toujour, avant même que j'arive à Gueule d'Ours. Tel salère pour tel tache, et une prime pour les convois adissionnels. C'est comme ça et c'est tout.

Pourquoi ? demande une voie, et je découvre avec surprise que c'est la mienne.

Parse que c'est ainsi, Crapouille, répond Jack avec dousseur. Depuis toujour.

Je m'entends répliquer : Dans la prière, y l'est dit que le Saigneur nous enverra un signe, mais coment on saura le reconaitre ?

Jack tend la main et m'ébourife les cheveux comme quand j'étais tout gosse.

Calme-toi, Crapouille, c'est pas aux gamins de se soussier de ça. Même s'y l'est une chose certaine : nous verrons pas le signe de notre vivant.

Je dis rien mais mes zieux pivotent vers Desmond qu'y me regarde aussi, ses zieux noirs comme du charbon.

Thomas reprend : Nos semelles tiennent à un fil, nos vêtemants tombent en lambaux, les boujies sont rassionnées bien que nous travayons six jours sur sète. Sans nous, Gueule d'Ours foncsionnerait pas, et nous devrions acsepter cette maigre rétribussion ?

Sa question reste en suspens dans les aires.

Une fois de plus, je sens mon queur au bors de l'ecsplosion, comme la fois ou j'ai attrapé Sourissot et l'ai tenu fors dans mes mains. Papoum papoum, fesait son ptit queur, jusqua ce que je le relâche pour le randre à Tobie. Les voici qui arivent. Les ennuis que je redoutais. Comme un wagonet qui dévale les tunels à pleine vitesse, baboum baboum baboum.

Thomas, on a toujour vécu comme ça, rapèle Jack d'un ton lent et prudent. Je suis ici depuis plus lontemps que toi, et la vie a toujour été ainsi aussi loin que je m'en souvienne.

Je me mors la lèvre et dis : Pourtant c'est pas normal, si ? Et encor une fois, je suis surpris de découvrir que c'est ma propre voie qu'a parlé.

Soudain Desmond intervient : Crapouille a réson. Ce qu'est pas normal, c'est de pas poser ces questions. Cette mine est un vrai enfer sur Terre et jamais persone questione pourquoi nous ne sommes pas mieux traités que des animos.

Thomas renchérit : Et où sont donc les lampes de sécurité qu'on nous a promises ? Pourquoi paye-ton si cher nos boujies et notre équipemant alor qu'y sont indispansables à notre travaye ?

Du calme, Thomas, rétorque Jack saichement. Ce gamin t'a mis des idées impies dans la tête. T'es un érudis je le sais mais metre en cause la volonté du Saigneur n'amènera rien de bon.

C'est pas la volonté du Saigneur, proteste Desmond. C'est celle de M. Johnson.

Le monde s'anfonse sous mes piez et je tands la main pour attraper celle de Tobie et la tenir du plus fors possibe. Lui aussi tramble.

T'ariveras pas me convincre, conclut Jack après un lons silence.

Je demande pas à te convincre, répond Thomas. Mais réfléchi à ce que j'ai dit. Songes-y quand que tu travayes si dur que tu peux à peine à garder tes zieux ouverts. Si dur que tes semelles tiennent pus qu'à un fil. Et vous tous aussi, y l'ajoute en faisant le tour du dortoir, ses zieux navigant de Nicholson à Skillen, de Will à Joe, de moi à Tobie un peu plus lontemps, avant de se poser sur Desmond. C'est tout ce que je demande, dit Thomas. Rien de plus.

Et sur ces mots y soufle la boujie.

LE LENDMAIN, c'est le jour du Saigneur et je le sens partous en moi qui picotte. Voilà ce que c'est, d'avoir des pensées impies. Nous avons ouvert une boite défandue bien que persone veuille encor l'admètre.

La journée passe en un éclère. Thomas demeure distant du débus à la fin, et Desmond reste muet. Jack chante la prière plus fors que dabitude. Y lurle dans mon oreille. Moi j'articule les mots sans bruis, comme toujour, mais aujordui j'ai pas le queur à l'ouvraje. Mes mains et mes bras se lèvent pour prier comme si j'étais un automate, ma bouche s'ouvre et se ferme toute seule et ma tête est ayeurs, en ébulission.

Quand les homes vont au foiller, Thomas dit : J'ai besoin d'être seul, pardonnez-moi. Et y disparet.

Je dessens au lac avec Desmond et Tobie mais n'entre pas dans l'eau, je reste au bord et les écoute patauger, flic floc. J'ai la nosée. Quelque chose en moi a chanjé. Je me force à penser que c'est un Jour du Saigneur comme un autre. Mais c'est fau.

Desmond se hice or de l'eau et s'assoit à côté de moi. Je sens sa chaleur brumeuse. Je voudrais le toucher mais me retiens.

Y dit : Je mors pas, tu sais, Crapouille. Et tu peux me parler si t'as besoin. On a plus en commun que tu le penses.

Je garde le silence.

Mersi pour la paumade, y continue. À mon retour quand mes plaies faisaient si mal, elle m'a fait du bien.

Je sais pas quoi dire alor j'oche seulment la tête. On reste ainsi en silanse un momens, puis y retourne à l'eau.

Qu'as-tu fait ? je me demande en le voillant jouer avec Tobie dans l'eau. Qu'as-tu comensé ?

J'ai l'impression de plu rien savoir.

Le lendmain matin, de retour au travaye, Jack m'adresse pas la parolle de toute la journée. Y se contente de creuser la paroi, mais avec raje et rapidité. Le Saigneur l'a remonté à bloc, on dirait.

Travayer à bonne cadance est bénéfique au cervau. À forse de répéter les mêmes mouvments, les mêmes jestes avec les mains et les jambes, l'espris peut divaguer tranquilment avec persone pour l'arrêter. C'est utile pour apprendre l'orthographe et reviser les nombres dans sa tête. Mais redoutable quand on veut éviter certènes pensées.

Réfléchir est danjereus, ma dit Jack une fois.

C'était y a lontemps mais je n'ai jamais oublié. N'ampêche que je lesse divaguer mon espris, je le lesse se répandre et s'écouler comme de l'ancre sur une feuille de papiller.

Pourquoi c'est si cher d'utiliser la kaje qui monte à la surfase alor qu'elle monte et dessend sans arrêt pour le charbon ? Pourquoi y faut acheter nous-mêmes du matériel indispansable pour nos taches en plus de tout le reste ?

Je fais craquer mes articulassions. Réfléchir ainsi t'apportera rien de bon, Crapouille, je me dis à moi-même, c'est une pente gliçante. Thomas, lui qu'est si érudi, a pas convincu le Maître. Or s'y lui peut pas, persone peut.

Mais sans arrêt cette pensée revient dans ma tête, discrete comme une aréniée qui refuse de s'en aller. Je pense aux sous que je gagne et à combien gagne Jack alor que je travaye aussi dur que lui et que nous vivons tous ampilés les uns sur les autres, pire que les ponets de Gayard.

Je repousse cette pensée au finfons de mon cervau et à la place fredone une melodie. Des chans du Saigneur et d'autres aussi. Parfois, au foiller, les homes chantent – on les entend pendant nos leçons, au loin. Je conais pas toutes les parolles mais je conais l'aire, alor je fredone pour ampêcher mon espri de divaguer. Je revise aussi mon orthographe dans ma tête et, parfois, je fredone et épèle en même temps des mots que je sais prononser mais pas encor écrire.

J'arive en haut du tunel principal, et y a déja quequ'un. Je l'entends qui cogne dans le noir.

Bonjour, je lance car dordinère persone est là en même temps que moi.

Bonjour, je répette. Pas de réponce. J'aime pas ça. C'est suspet. Les travayeurs se disent toujour un mot quand y se croisent dans la mine.

Je t'entends, j'insiste avec un ton aussi assuré que possibe.

Les pas s'éloignent pis s'évanouicent et je suis traversé par un frisson. Je repense à l'home de l'ombre. J'essaye de me souvnir de sa voie mais la peur m'en ampêche et la renvoie au fons de mon cervau. Vite je me remets au travaye. Sans doute c'est ce qui y a de mieux à faire.

A LA CANTINE, une chose horrible se produit. Je suis naufrajé, un radau à la dérive.

Tobie nous quite. Embarqué par Walsh.

Nous somes, comme chaque jour, au réfectoire occupés à manjer notre viande et nos patates quand M. Sharp arive, l'aire très ocupé, et de l'indecse y désigne Tobie.

Puis y regarde Walsh.

Lui ? il demande, et Walsh oche la tête avec son sourire movais qu'y s'étand sur son visaje comme une algue en trin d'éclore.

Debous, ordone alor M. Sharp.

Tobie se lève, tout confu, comme chacun de nous.

Y manque un gars à l'équipe de Walsh, esplique M. Sharp, quelqun pour dessendre dans les Tréfons. Y faut un gamin, un ptit.

L'espasse d'un instans, M. Sharp me regarde. Je me lève et m'avance, bras croisés.

Et moi, alor ? je demande. Je suis à paine plus grans que Tobie.

Walsh rit alor qu'y a rien de drole.

Non pas toi, qu'y dit en me ficsant. Pas pour le momen en tout cas.

M. Sharp secoue la tête. Tu fais pas la même taye, qu'y conclut. Ce gamin là est plus menu. Y fera l'affaire.

Tobie reste planté là sans savoir quoi faire. Y l'est pas très fors pour s'ecsprimer alor je parle à sa place. Je m'adresse à Thomas :

Y peut pas décider comme ça ! Sur ordre de qui ?

Sur ordre du Maître, répon Thomas.

C'est egzacte, confirme M. Sharp. Je suis sa voie iciba. C'est comme ça et c'est tout.

Skillen se lève et proteste : Ce gamin est à moi. Tous les deux on travaye en équipe et persone peut embarquer mon traîneur sans mon accors.

M. Sharp secoue sa tête. M. Johnson a anonsé la présance de charbon vièrge dans les Tréfons, y l'esplique. C'est aux plus menus de se charger de l'extrere en priorité.

Alor vous allez me ramplacer mon traineur ? demande Skillen. Hin ?

M. Sharp secoue à nouveau sa tête. Y sera pas parti lontemps, une ou deux semènes au plus, et dans l'intervalle tu seras hercheur et traîneur.

On n'est pas des désacsés, s'indigne Skillen, pourtant vous nous traitez comme tels, Tobie et moi.

M. Sharp réplique : Nan car tu seras péyé double pour cet emprunt.

Skillen n'aime pas ça, ça se voit sur sa figure, mais persone peut s'oposer à M. Sharp. Y l'est la voie du Maître.

Tobie reste planté là, sans savoir que faire ni que dire.

M. Sharp lui donne une tape dans le dos si fors qu'y trébuche. Manje ta viande, fiston. Et quand t'auras fini, t'iras t'assoir avec Walsh. Tu comences demin.

Sur ce, M. Sharp s'en va, nous laissant dijérer ses parolles.

Walsh sourit à Tobie. Je vais pas te mordre, gamin, il dit d'un aire pourtant carnacier, comme le loup deciné dans son dos.

Tobie a plus fain. Y regarde sa gamelle en silence. Nous aussi notre apétit s'est anvolé en fumée.

Je dois vraimens y aller ? y demande soudènement.

Skillen lui donne une gentille tape sur l'épaule. Ce sera pas lon, fiston. Tu seras de retour en un rien de temps.

Le Saigneur t'accompagne, promet Thomas. Y l'est à tes cotés.

On acquiaisce tous, on marmonne oui. N'ampêche que ça me plaît pas.

Je veux pas y aller, dit Tobie d'une voie craquelée qui me rapèle qui l'est vraimans tout ptit.

Skillen sourit. Allons Tobie, y'en a pas pour lontemps.

Jack se lève et s'avance vers Walsh, les mains tendues pour montrer qu'y l'a rien à cacher.

Y s'éclèrcit la voie et dit : Écoute-moi bien Walsh, s'y l'arive le moindre mal à ce gamin…

Walsh joue avec son coutau à viande, y le fait tournicoter entre ses dois. Y lui arivera rien. On va bien le traiter, pas vrai, les gars ?

L'équipe de Walsh hoche la tête.

Y a intéret, insiste Jack.

Walsh continue : Mais on n'est jamais à l'abris d'un acsidant, pas vrai ? Là, persone y peut rien. En cas d'acsidant.

Jack le toise. S'y l'arive le moindre mal à ce gamin c'est à moi que t'auras à faire, compris ?

À moi aussi, renchérit Thomas.

Et à moi, gronde Skillen.

Walsh sourit et il hosse les épôles. Bien sur. Bien sur.

Tobie se lève tout tremblant. Y s'avance vers moi et me serre dans ses bras. Tu garderas Sourissot en mon absense ? y me glice à l'oreille.

J'oche la tête et murmure : Conte sur moi.

Mets-le en sécurité dans le dortoir jusqua mon retour.

Promis.

Y me serre la main et me prends encor dans ses bras. Dis lui aurevoir de ma pars, y murmure.

Bien sur, et oublie pas, tu seras de retour en un rien de temps.

Tobie oche sa tête et me lâche, puis y dit aurevoir à Desmond, et sère Thomas dans ses bras. Desmond me lance un cou d'euye par dessu son épaule et, étranjement, j'arive pas à déchifrer ce regars.

Allonzy les gars, aboit Walsh, et Tobie lâche Desmond. Un pas derrière l'autre, les zieux au sol.

Je peux rester dans le même dortoir ? demande Tobie en nous montrant du menton, et Walsh secoue sa tête.

Nan fiston. T'es dans mon équipe maintnant, tu dors avec moi et mes gars à conter d'aujordui.

Skillen adresse à Tobie un sourire forsé. Rien qu'une semène, fiston, y l'assure, sète jours et tu seras de retour dans ta couche comme avant. Pis on te verra à la cantine et aux pompes. C'est pas comme si on allait disparètre. Une semène, c'est pas lons. Alor à demin, dacors ?

Tobie fait oui de la tête.

Walsh lui montre la place à côté de lui et Tobie va s'assoir.

Ça me plaît pas, je marmone tout bas. Ça me plaît pas du tout.

C'est la voie du Saigneur, dit Jack. C'est ainsi.

Thomas pose une main sur mon épaule et je vois Desmond qui serre ses mâchoires qui semblent dures comme de la pierre.

C'est pas juste, je dis. Pas juste du tout.

LA COUCHE A CÔTÉ DE LA MIENNE est vide. Celle de Tobie. Le silence qui s'en élève me donne anvie de crier, mais à quoi bon. Je le verrai demin à la cantine. N'ampêche que c'est pas pareille.

Pas pareille du tout.

Skillen ne pronnonce pas un mot sur le chmin du retour. Je sens une main qui m'agripe. Je me retourne et c'est Desmond. Ses dois éfleurent les miens comme s'y voulait les tenir mais je me dégaje. Un bref instans je me sens un peu mieux mais déjà je repense à ce povre Tobie qu'a plus persone pour le protéjer.

Le soir, quand tous les autres sont couchés, je veux m'assurer que Sourissot va bien, mais le garnemant me mors quand je le sors de sa boite. Je le lâche et y se glice sous mon lit. Et j'ai beau le chercher, y l'a disparu.

Je ferme pas l'euye de la nuis ou presque.

Sourissot va revnir, je me repette. Sourissot va revnir. Je dois onorer ma promesse à Tobie. Y reviendront l'un comme l'autre et tout ira bien. Je me le répette encor et encor.

Mais ce n'est pas la seule chose qu'y me soussie. J'ai telment de pensées qui bouyonnent dans ma tête. Des pensées impies auquelles j'ai guerre de réponses. Et je repense à Desmond, à ce qu'y m'a dit à ses débus – Y suffit d'une persone.

Est-ce donc vrai ? Une seule persone ? Là non plus, je n'ai guerre de réponse.

LE LENDMAIN MATIN à la cantine Tobie m'évite. Y l'a pas l'aire malempoins mais y croise pas mon regars.

Skillen l'apèle. Tout va bien, Tobie, mon garson ? et Tobie acquiaisce sans nous regarder.

Walsh pose la main sur son épaule comme une pince, alor y lève les zieux un court instans avant de les rebesser.

Si ça va pas, tu viens me le dire, dacors ? crie encor Skillen.

Tobie oche la tête.

Tout va bien, répond Walsh, la voie calme. Un charmant gamin, vraimens.

Tout le reste de la journée, je ne pense qu'à Tobie et me demande ce que ça fait de dessendre dans les Tréfons, et si c'est aussi humide et orible qu'on le dit. Je suis bien content de pas y être, mais bien inquiet pour Tobie. Inquiet aussi pour Sourissot et ma promesse que je pourai ptêtre pas tenir.

Tu peux rien y faire Crapouille, je me répaite sans arrêt. Je peux rien faire pour Tobie.

Je suis qu'un gamin sans importanse. Protester ? Pour quoi dire ? Que c'est pas bien de l'avoir ambarqué comme ça ? Qui m'écouterait de toute façon ? Qui prètrait attansion ?

Je repense aux parolles de Thomas l'autre soir. Aux botes et boujies qu'on est oblijés d'acheter. Qui sont nos biens. Esse que nous-mêmes on est les biens de M. Sharp ou du Maître ? Nous tous ? On est des outis de travaye, rien de plus. Comme les ponets de Gayard.

Aux pompes, ce soir, aucun signe de Walsh ni de son équipe. Y a des homes d'autres dortoirs alor je garde l'euye ouvert. Mais non, ils ne viennent pas, ce qui étone tout le monde.

On les voit enfin ariver à mi-pitanse, les cheveux mouyés de leur douche. La figure de Tobie est rouje et sa peau semble à vif. A croire qui l'a été récuré, le povre.

Je me lève et m'avance drois vers lui.

Tobie, alor, raconte coment c'est les Tréfons ?

Y lève pas le né et d'une toute petite voie il répond : Chaud et umide, comme on le raconte.

Mais tu vas bien ? je demande et il fait oui de la tête sans me regarder.

Tant que tu vas bien… je dis encor. Y l'aquiaisce à nouveau.

Et Sourissot ?

Sourissot va bien, je mens sans sourciller. Y l'est dans sa boite à l'abri du danjer. Et toi, ça va ? j'insiste, et Tobie hoche la tête à nouveau.

Mais j'en suis pas si sur.

Oublie pas tes mots d'ortographe, je conseille. L'alfabet tout ça. On se revoit demin, Tobie, dacors ? Et encor, y l'hoche la tête.

Mais y a quelque chose qui cloche. Y s'exprime pas librement ce pti, c'est ce que je crois. Plus que six jours et y sera de retour parmi nous, là où est sa vraie place.

Sur le mur au dessu de ma couche, j'ai déciné sète lignes pour marquer les jours d'absanse de Tobie. J'en barre une avec mon ongle. Une de moin. Toujour aucun signe de Sourissot mais y reviendra sans doute en même temps que Tobie.

Y a quelques autres gamins à Gueule d'Ours mais on les voit jamais, ormis certins le Jour du Saigneur. Iciba, les gars qui travayent pas ensamble se rencontrent raremant. Y l'est défendu de se rassambler, sauf à la cantine, le foiller et les dortoirs. C'est ainsi depuis toujour. C'est la règle. Avant l'arrivée de Desmond, à pars moi, Tobie était le seul gamin de notre dortoir. Encor que Desmond est plus agé alor y conte pas vraimans comme gamin.

Je souris dans le noir en sonjant au retour de Tobie. Depuis ses débus, on apprend nos mots d'orthographe ensamble et on s'ède. Un gamin intellijant, ce Tobie. Je repense aux parolles de Thomas quand y l'a dit T'es comme mon anfant, et j'ai un sentimant un peu pareille envers Tobie qu'est pour moi comme un frère.

Pourvu qu'y me pardone d'avoir perdu son Sourissot. Mais on peut pas garder une créature prisonierre si elle veut pas. Si ?

Cette nuis-là, pardonez-moi Saigneur, mais je reve de ma maison.

Ma maison. Ces mots m'avaient pas traversé la tête depuis si lontemps. Ma maison, désormès, c'est Gueule d'Ours. J'essaie de me rapler coment c'était, avant, quand je vivais à la surfasse, mais j'y arive plus distinctemant.

Est-ce que M'man se souvient de moi ? Est-ce qu' y a un nouveau bébé à la maison ? M'man avait dit Je t'écrirai, mais elle l'a jamais fait, sauf une fois à mes débus. Moi, je lui écrivais même avant de comenser les leçons d'orthographe. C'est Thomas qui m'aidait, et maintnant j'écris tous les six mois, coute que coute. Mais j'ai jamais reçu de réponce, sauf la première fois qu'y confirmait la bonne réssepsion de l'argent. J'ai dû m'andursir car c'est bien cher de poster des lettres et je peux pas écrire aussi souvans que je le voudrais.

Thomas a pas de famille, alor y l'écrit à persone. Mais quand même, je me pose souvans cette question : esse-que M'man pense à moi ? Chaque fois qu'elle reçoit l'argent probablemant, et encor, je me demande s'y elle se souvient de moi.

T'étais qu'un microbe quand t'es arrivé, raconte parfois Thomas, et c'est vrai je me rappelle casi rien d'avant Gueule d'Ours. Sauf les bruis, les oiseaus qui chantaient et la brize qui souflait dans les arbres, les vaches meuglant dans la ferme voisine et le pataclope des chevaux, ce janre de choses. Les sensassions aussi. La chaleur du soleille sur mon visaje, je fermais les zieux pour mieux les sentir. L'eau froide de la rivière près de la ferme quand on y trampait rien qu'un dois de pié on était traversé tout antier d'un frisson qui faisait sursauter et rire et hurler comme un porsinet. Je nous revois tous entacés les uns sur les autres, moi et M'man et Tatie qu'était pas vraimans ma tante et tous mes cousins. Et la pièce d'à côté où fallait pas antrer aucazou des homes s'y trouveraient. Je me rapèle aussi la fain, et les mègres rassions pour en garder pour les autres, car Nous somes tous dans le même bato, disait M'man. Un de mes meilleurs souvnirs c'est de m'être senti propre comme un sou neuf après un bain dans la cuizine. C'était rare mais quel plaisir. À Gueule d'Ours, les bainioires egzistent pas. Y a que les pompes et la béniade au lac mais un lac est pas chaud comme un bain. Je donerais tout pour un bon bain. Je paierais cher. Grassemant.

Cette nuis cepandans, c'est pas de bons souvnirs que je rève. Je rève qu'on me tient la tête sous l'eau et je me réveille tout haltant comme si j'allais me noyer dans le lac pour de vrai.

Quand je reprens mes espris, je regarde les lignes sur mon mur et en barre une de plus avec le peu d'ongle qui me reste.

LE MATIN EN S'HABILLANT, Desmond me demande si je vais bien. J'oche la tête et hausse les épôles et dis Oui bien sur.

Pourtant j'ai envie de l'atraper et le secouer et lui urler dessu. Tout est sa faute. Thomas qui parle de sujets qu'on n'avais jamais osé aborder, mon cervau tout embrouyé de pensées impies, Tobie embarqué par Walsh et son Sourissot chéri disparu, tout ça par sa faute. Mais j'en fais rien. Passqu'à vrai dire, je sais pas si c'est sa faute, quoique j'en ai bien l'impression. Saigneur pardonez-moi.

Avant les débus de Desmond, je me chanjais devans tout le monde sans jêne, mais à présant je sens ses zieux sur mon cors alor je me détourne pour me vétir de dos. Je garde mes dessous comme toujour mais en plus je regarde dans une autre direcsion.

Une fois j'ai demandé à Thomas : Quand est-ce qu'elle arivera, ma socisse, celle qui pend entre les jambes. Thomas a dit qu'elle poussera en temps voulu mais y a toujour rien en vue. Elle a pas poussé encor, sans doute passque je suis ni fille ni garson.

Depuis lontemps j'ai remarqué que les homes pissent à travers leur socisse alor que je dois moi m'acroupir comme un chien. Jack a trouvé ça très drôle la première fois qu'y m'a vu pisser dans le creux d'un tunel, mais y s'est abitué à présant.

Je repense aux istoires de Thomas, à la maison en pin d'épisse et à moi et Desmond et Tobie qu'y vivons eureus dans les bois pour toujour, pis je regrete qu'y ait pas de maison dans les bois et persone qui vit eureus. Alor ce ptit mot revient – Pourquoi ? Pourquoi on peut pas vivre eureus ?

J'essaye de boucler mon cervau, le verouyer comme mon panier à charbon. Je veux chasser ces idées. Jack l'a dit : ça mène nulpars de penser à tout ça. C'est ainsi et c'est tout.

Mais je sens une brèse en moi qu'y veut pas s'étindre. Elle luit au finfons de ma tête malgré moi.

De retour à la cantine, Tobie à nouveau croise pas mon regars. Et y finit pas son bol. Cinque jours et y sera parmi nous de retour. Chez nous, où est sa vraie place.

J'AI UNE DOULEUR TERIBLE AU VANTRE, j'ai jamais eu si mal. Comme si j'avais reçu un cou de poins juste an-dessou du nombrile. J'en ai des crampes et en remontant le tunel principal, je suis pris de nosée. Je rassamble toutes mes forses pour pas lâcher le panier et glicer jusqu'au finfons du tunel.

Après avoir vidé mon panier, j'ai un aulequeur mais vomis pas. Enfin, la douleur passe et je retourne travayer, mais toute la journée je m'inquiete. Y faut que j'en parle à Thomas, y saura m'éder contrairemant à Jack.

Sauf que Desmond est là, à la leçon d'orthographe, et je peux pas en parler devans lui, alor tant pis je me concentre sur l'orthographe qu'est si illojique. Mais quelle chanse d'avoir un bon professeur comme Thomas, sinon j'y comprendrais déssidémant rien.

Thomas dit que mon vocabulère s'étofe bien et Desmond trouve apréssiable de m'entendre parler, passe qu'à ses débus, j'étais telment silansieux qu'y me pensait muet, comme Will et Joe.

Je manje ma croute de pain et m'impraigne de leurs élojes, comme si c'était le meilleur matin du monde et la promesse d'une belle journée, sauf que Tobie me manque. C'est pas qu'on fait la compétission lui et moi aux leçons, mais un peu quand même. Je suis plus gran que lui, mais y l'est malin, alor à deux on apprend plus vite parce qu'on se pousse l'un l'autre.

Desmond voit que je suis perdu dans mes sonjes et me sourit. Y l'est charmant quand y sourit, et pas qu'un peu, avec la flame qui vacille dans ses zieux et qui danse sur ses joues noires de charbon.

Bientôt, Crapouille, y me dit. Bientôt Tobie sera de retour.

Et j'hoche la tête.

Mais y se trompe. Y se trompe gravemant. C'est un désastre qu'y se prépare.

À LA CANTINE, je vois toutsuite que Tobie a l'euye gauche tout bleu comme si l'avait pris un cou en pleine fasse.

Un acsident, assure Walsh en regardant dans notre direcsion et aussant les épôles. Un acsidant est vite arrivé.

Tobie, c'était un acsident ? demande Skillen.

Tobie hoche la tête et croise toujour pas mon regars. La tansion est palpable mais Jack et Skillen veulent pas aller tros loin, y veulent pas causer plus de problèmes au povre Tobie. Alor on se contante de manjer mais l'appétit disparet quand la viande est froide et qu'on est réduis au silense.

Cette nuis-là les crampes sont de retour et je me roule en boule dans ma couche, m'efforsant de faire aucun bruit.

Si Tobie était là je lui prendrais la main, peut-être même que je grimperais dans sa couche pour trouver un peu de chaleur et de réconfors. Ça ferait un ptit remuménaje avec Sourissot, ptêtre qu'y me mordrait. Mais y sont pas là, ni l'un ni l'autre. J'ai pas revu Sourissot depuis qu'y s'est enfui.

Pas question d'être malade car malade sinifie pas d'argent et pas d'argent sinifie s'andetter. Un travayeur malade peut pas trimer, mais y doit quand même payer ses botes, ses boujies, ses pitanse et le reste. Un seul jour sans salère et on apartient tout entier à la mine car y faut bien rembourser ce qu'on doit et cela prend du temps. Ça sinifie aussi ocun argent à envoiller à M'man et, pour les homes, pas de quoi payer la bière.

Je me le répaite encor et encor : T'es pas malade, Crapouille, c'est dans ta tête tout ça.

Soudin, je sens une main sur mon bras je retiens un cri de frailleur. C'est Desmond.

Ça va ? y chuchotte.

Je fais oui de la tête.

Sur ?

Je réponds tout bas : Sur.

Pardon de t'avoir réveillé.

Tu m'as pas réveillé.

Tant mieux, il dit.

Et je l'entends qu'y retourne à sa couche sur la pointe des piés.

Je m'essuie le visaje et là je comprends : j'étais en train de pleurer.

Le lendmain matin, Tobie est pas à la cantine. Y a rien qu'une place vide à côté de Walsh.

Walsh dit : Y l'a dû s'anfuir.

Moi, j'en doute, c'est pas son genre, à Tobie.

Skillen est inquiet. On finit notre bouillie le plus vite que possibe et on part chercher Tobie. Y l'est ni à notre dortoir ni au lac ni au foiller ni dans le recoin où on fait les leçons d'orthographe. Y l'est nulle part. Impossible de passer la journée à fouyer la mine, alor chacun part travayer. J'ai la sensassion de couler, je sais pas si c'est la faute aux crampes ou à autre chause. Mais ce que j'en pense, c'est que ça ogure de rien de bon.

C'EST MOI QUI LE TROUVE.

Après le travaye en remontant aux pompes, Tobie est encor introuvable, pourtant les homes de Wlash sont bien là à se décrasser tranquilment.

J'avais espéré encor et encor, pourvu qu'y resurjisse toutacous, que cette istoire soit qu'une blague.

Mais voilà, une fois les pompes étaintes, pendant qu'on se saiche, j'entends un flic floc au bors du lac.

Avant même de le voir je sais que c'est lui. Je sais rien qu'au bruit.

Thomas s'aprète à soufler la dernière boujie quand je l'apèle. J'essèye de crier mais ma voie est toute sèche et j'ai l'impression de plus avoir de mots.

Encor en slip, je tombe à jenous et tends la main vers l'eau. Thomas s'aproche avec sa boujie, le halo lumineus éclère tout otour de nous.

C'est lui je le sais.

Même mor, y pèse rien. Léjer comme une plume malgré ses abis plains d'eau. J'essèye de le sortir et

Desmond acourt pour m'éder. Ensemble on le hice sur la berje, on s'assoit et on le regarde. Il est à plat ventre, son visaje contre les rochers noirs et umides.

Je sanglotte si fors que ça résone dans la caverne, et les autres se massent otour de nous, dans la lumiere. Skillen et Jack. Will et Joe.

Thomas se panche et doussmant tout doucemant y le retourne.

C'est bien Tobie.

Sa figure est gonflée par l'eau, mais aucun doute c'est lui.

Une raje m'envahit si puissante que je m'élanse vers Walsh avant qu'on puisse m'en empecher. J'urle et je le tape, je le tape jusqua ce qu'y m'attrape par les bras et les soulève si haut que je peux plus conier.

Métrise-toi, gamin ! qu'y l'ordone.

Puis il jette mes bras en arrière et me jifle en pleine fasse. Je pourais le tuer. Si javais un coutau sur moi je l'aurais déjà planté dans sa chair, Saigneur pardonez-moi mais c'est la vérité.

Je respire vite et fors, je voudrais lui jeter toute ma furie à la figure mais je sens la main de Desmond sur mon épôle qui me retient et d'un cous toute mon énerjie est souflée, pffftt, comme une boujie.

Walsh apèle Jack : Oh, Coombes, rappelle tes chiots à la niche.

Mais à présant, Jack est comme une montagne qui s'avance drois vers Walsh et lui cole une droite dans les dents. Walsh réplique mais Jack est tros rapide, y le cogne encor et encor et encor. Les homes de Walsh regardent mais entrent pas dans la bagare.

Y considèrent sans doute que le jeu en vaut pas la chandèle.

Jack tabasse Walsh jusqu'au sol et continue jusqua ce que Skillen et les frères Davidson interviennent.

C'était un acsidant, dit Walsh en essuillant son visaje ansanglanté. À moins que le gamin se soit noyé ecsprès, or le suisside est un pêcher selon le Saigneur, pas vrai ?

Thomas est toujour à jenous près de Tobie. Lentment y se lève pis se retourne, sa boujie à la main, et y pointe le dois vers Walsh étandu au sol.

C'est quoi ces trasses otour de son cou ? y gronde comme le tonnerre.

Un acsidant, répette Walsh, les zieux plissés.

Quel genre d'acsidant donne des trasses otour du cou, des trasses qu'y ressamblent diablement à un étranglemant ? insiste Thomas contenant à paine sa colere.

Walsh lausse les épôles.

Le gamin a ptêtre voulu se pandre et à la place y s'est noyé, répond-til. Et pourquoi on demanderait pas son avis à M. Sharp ?

Le silense s'abat sur la sale. Tous les regars sont sur Thomas. Car M. Sharp en cas de problème fait payer son déplacemant, pis il répercute ces frais sur le salère de qu'y l'a jugé fautif. Et tout le monde sait bien que ce sera pas Walsh.

Walsh se lève, en s'époussetant comme s'y l'était seulemant tombé, et s'avance vers nous en titubant.

Les gamins comme ça, y lance en me montrant du dois, y l'en meurt tout le temps iciba. Noyés, broillés, souflés, que sais-je. Tu veux me faire porter le chapau Thomas ? y demande avec son sourire de guingoi. Eh ben, bon couraje. Car ce sera ta parolle contre la mienne et je doute que M. Sharp prène ton parti, vois-tu ?

Et là, Thomas que j'ai jamais vu faire de mal à une mouche depuis toutes ces années que je le conais, prend son élan et flanque son poins dans la figure de Walsh.

Walsh tombe à jenous, y sifle comme un serpant en s'essuillant.

Tu veux la guerre, qu'y crache, la voie rouje de sang et de colere. Bah t'auras la guerre.

Y me regarde et me pointe du dois. Le prochin, c'est lui, il gronde. Le prochin candidas pour les Tréfons.

Thomas lui assène un cou sur la tampe. Un cou de piez.

Essèye d'ambarquer Crapouille, et le Saigneur lui-même m'èdera à te décrocher la tête.

C'est une menasse ? Tu me menasses ?

C'est la guerre, comme tu l'as dit, intervient Jack. Et dans ton can, t'es tout seul.

Joe et Will s'avancent aux côtés de Jack. Puis Skillen, au bors des larmes, qui porte Tobie dans ses bras.

T'es seul, Walsh, et nous on est sissc. Sète en contant Crapouille qu'est fors abile de ses poings.

Walsh se relève mais ses homes restent en arrière.

J'ai la loi de mon côté, y réplique. Cetadire M. Sharp.

Et y sourit alor que le sang dégouline encor de son né.

Rien n'est fini avec la mors de Tobie, loin de là. C'est que le débus. Alor quand Thomas me glice un coutau volé à la cantine, je sais que la situassion va pas s'arranjer. Pas avant un bon momen.

ICIBA ON ENTERRE PAS LES MORS car la mine est un lieu de travaye. À la place on fait une ptite maisse pour Tobie pis on ramène son cors au dortoir et on l'enroule dans un dras sur sa couche. On le borde bien.

Je me sens lours comme si on m'appuyait dessu. Persone parle. Persone brize le silence alor qu'on enroule Tobie comme un bébé dans un lange.

On lui fait nos adieus chacun notre tour, en lui chuchotant à l'oreille. C'est dur de dire adieu et nous somes sa seule famille. Tobie a persone à la surfasse – c'est en tant qu'orfelin qui l'a été envoillé iciba. Je l'embrasse sur son frons tout froid et je frissone. Y ressamble déja plus à ce qu'y l'était. Y l'est plus qu'une coquille vide. Parti rejoindre le Saigneur.

D'un cous ça me submerje et je fons en larmes poutans je sais que c'est mal vu de sangloter iciba, faut être un home pour travayer à Gueule d'Ours. Tout en me séchant le visaje, je sens la cicatrisse sur mon né, la preuve que je suis assé vayant pour travayer dans cette mine. Mais à cet instans tout m'est égal. Les larmes dégoulinent sur ma figure et tombent, plic ploc, sur le dras qu'envelope le povre Tobie.

Je me retourne, Thomas m'agripe et me serre fors, j'ai la sensassion que je vais ecsploser, et je pleure encor et encor jusqua avoir pleuré toutes les larmes de mon cors et persone dit rien, on me lesse sangloter jusqu'au bous.

Ce soir y reste ici, décide Skillen, la voie tramblante. On lui doit bien ça.

Thomas regarde Jack qui hoche la tête.

Demain matin je déclarerai sa mor, reprend Skillen. C'est mon gamin, mon traîneur, c'est à moi de le faire.

J'avais jamais envisajé une telle mor. J'ai déjà vu des acsidents, ça c'est sur, mais quand c'est un ami, un frère, c'est autre chose. Et je sens mes poins qui se serrent, la colere qui monte en moi contre Walsh mais aussi contre le Saigneur. Coment y l'a pu laisser une telle chose se produire ? Quelle cruauté peut animer le Saigneur pour réserver une fin pareille à un garson si inoffansif si gentis, si vayant ?

Cette nuis, dans ma couche, je sonje à Tobie. À ces trasses rouges dans son cou, et bleues sur sa figure. À nouveau je sens la raje qui enfle en moi, noire et brulante.

Et le revoila, le ptit mot qui résone dans ma tête. Pourquoi ? Encor et encor. Pourquoi ? Pourquoi le Saigneur a pas ampêché ça ? Pourquoi y l'a pas terrassé Walsh d'être une ordure inioble ? Pourquoi ?

Alor j'ose cette pensée. J'ose l'impansable, l'imprononsable. Et si.

Et si le Saigneur y l'en avait rien à faire de nous ? Je sonje aux rochers et à la Grande Galerie, à sa figure si haute qu'y faut plisser les paupiaires pour le distinguer, et je suis assailli par mille questions.

Toutes ces prières, tous ces chants, tous ces amens, si ça servaient à rien ? Si c'était que du vent ?

Je me pose la question. Je me le permets.

Et si le Saigneur écoutait pas ? Et si l'était même pas là ? Mon queur bat fors et pourtant rien ne se passe, je suis pas terrassé, le dortoir s'effondre pas et j'entends persone là-haut qui me défand de penser à tout ça. Rien de tout ça.

Alor je pense encor et encor jusqua ce que mon cervau soit aussi rempli de pensées que Gueule d'Ours est remplie de charbon.

Mais ça y est, c'est dans ma tête. Et si le Saigneur vraimans voit tout, alor y le sait. Et pour la première fois de ma vie, j'ai plus peur de lui. Car s'y l'a bel et bien laissé le povre Tobie être étranglé et noyé sans rien faire, alor il est normal que je me pose ces questions.

Saigneur, je dis dans ma tête. Saigneur je suis plus certin de croire en vous. Pouvez-vous m'envoiller un signe de votre egzistance ?

J'attends, j'attends encor mais rien n'arive. Que des pensées qu'y bouyonnent et qu'ondulent comme de l'uile dans une flac d'eau. Qui se mélanjent et qui tournoient.

Je sens le coutau froid sous mon oreiller et le sère fors dans ma main.

QUAND JE ME RÉVEILLE, Sourissot est assis sur Tobie. Du moins c'est ce qu'y me samble. Je me frotte les zieux et j'apersoit un mouvament, un éclère de fourure qu'y disparait par la porte.

Y l'est revnu pour te dire aurvoir, je chuchotte à Tobie. Et ça m'apporte un peu de réconfors.

Les autres se lèvent, et Skillen transporte Tobie à l'étaje de M. Sharp. Y l'y va seul car nous avons pas le drois de monter sans permission, ormis le Jour du Saigneur, et un déssès n'ofre pas de dérogassion. Le cors des mors est évacué et l'argent restant envoillé à leur famille, pour ceux qu'en avaient une. C'est tout. Comme si Tobie avait jamais egzisté. Comme si s'était volatilisé. Pouf.

Je pensais m'être abitué à voir la mors, mais nan. Plus maintnant. Avec la mors de Tobie je me demande ce que nous fesons tous ici. Tous. Au lieu d'aller à la leçon d'orthographe, je reste assis dans le noir à manjer mon pain dur tout seul en partajant les miettes avec les rats qu'osent s'approcher, mais je sais qu'aucun deux n'est Sourissot. Mes pensées continuent à tourner dans ma tête comme un grand moulin à eau. À quoi bon apprendre l'orthographe si c'est pour jamais l'utiliser ? Ormis les lettres que j'écris à M'man.

Je pense sans arret à Tobie et ce qu'est arrivé. Ces trasses sur son cou. C'est pas un acsidant, je me dis. Mais pourquoi faire une chose pareille à Tobie ? C'était qu'un gamin qui fesait de mal à persone.

J'entends un bruit dans le tunel et je sursaute. Je suis sur les dents comme jamais et je garde le coutau de Thomas sur moi en permanense.

Les pas se rapprochent et quand j'apersois aussi une lampe, j'ai un peu moins peur. Dans l'oscurité, tout peut ariver. On raconte qu'avant qu'elles soient ecsclues des mines, les fammes étaient abusées par des homes, et aussi les gamins. Que les fammes acouchaient en pleine journée de travaye et leur bébé tombait directemant sur le sol rocheux.

Mais la lumiere me rassure et je fais un pas pour me retrouver né à né avec Desmond.

Ça va ? il demande. On te cherchait, moi et aussi Thomas.

Je besse les zieux.

Desmond tand la main et dit : Je mors pas, Crapouille. Et je sais ce que c'est de perdre un proche.

Je le regarde.

Mon père, qu'était un brave home, il précize.

Tobie était un brave gamin, je soufle et à nouveau je suis frapé par l'idée que je le reverrai jamais. Je chancèle.

Oui, dit Desmond. C'est vrai.

Un cou stridant sifle la fin de la pose. Desmond a toujour la main tendue et moi j'attends. Mais le Saigneur envoie ocun signe, y me dit pas que je ne dois pas atraper cette main alor je me demande : que se passera-t-il s'y je la prends ? La chaleur de sa pôme me fait un choc, comme une onde qui parcourt tous mes mambres. Saigneur, si vraimans vous egsistez, pardonez-moi mais j'ai aimé cette chaleur. J'ai aimé sentir nos doits entremelés.

J'ai anvie de parler à Desmond de son père qui est mors, et de tout ce qui me fait peur. Il m'atire comme les poissons blancs sont attirés par les umins qui najent dans le lac, mais ptêtre est-ce une fasson pour le Saigneur de me mettre à l'épreuve. De voir si je suis fidèle ou impie.

Après la pitanse j'apersois Desmond qui se lave aux pompes et ça me fait une sensassion bizarre, chaude et onteuse.

À la cantine, l'absense de Tobie est comme un puit sans fon.

Walsh est pas là non plus ni aux pompes. Skillen a raplé à M. Sharp que Tobie était sous les ordres de Walsh quand y l'est mors. On croise tous les dois pour que jamais Walsh revienne.

Y l'ont ptêtre banni, je dis avec espoir.

Thomas aquiesse. Ptêtre, y répond, pas convincu.

Les autres ochent aussi la tête mais ocun de nous ni croit vraimans. D'ayeurs, le soir venu, Thomas instale la planche pour fermer le dortoir quand on se couche.

Mieu vaut rester prudents, y dit.

Question de précaussion, aprouve Jack.

Oui, rencherissent tout les autres. Mieu vaut rester prudents.

La toux de Jack nous ampêche de dormir, et nous devons attandre qu'y sombre dans le someye pour nous assoupir. Sauf moi. Je reste étandu sur ma couche les zieux grands ouvert, avec mes pensées, mes pensées sur tout. Sur Tobie, sur Sourissot, sur Rickerbee, sur l'home de l'ombre. Sur Desmond. Et aussi sur le Saigneur. Jusqua ce que les ténaibres m'angloutissent et que je m'andorme enfin.

Je m'éveille en pleine nuis et sens une umidité entre mes cuisses. Une umidité colante et inabituelle, pas comme la pisse.

Je sais pas quoi faire, alor je ferme les zieux en espérant que ça disparesse tout seul, mais quand je les rouvre, l'umidité est toujour là avec aussi une drole d'odeur. Une odeur comme du métal.

Je m'assois sur ma couche et je sais pas sil faut rire ou pleurer. J'attends, j'attends, mais ça ne part pas.

Thomas est l'home le plus érudi que je conaisse alor doucement sur la pointe des piés j'avance vers sa couche et le réveille en lui tapotant sur l'épaule.

Y s'est passé quelque chose, je chuchotte.

Quoi ? y demande aussitos en alerte.

Entre mes jambes, une chose étranje. Liquide.

Retire tes dras, y soufle. En silense, pas question de déranjer les autres.

Je défais mes dras et les roule en boule.

Vite, mumure Thomas.

Y pouce la cloizon de fortune et la replace derrière lui.

On va où ?

Au lac, y répond tout bas. Surtous pas de bruit.

Nous conaissons bien le chmin l'un comme l'autre, n'ampêche que Thomas me prend la main pour me guider. Y tient aussi une boujie, je sens la sire toute lisse contre ses doits.

J'ai peur. Je sais pas ce qui se passe mais mon queur bat si fors que je le sens, papoum, dans ma gorje.

Lorsqu'on arive au lac, Thomas s'arête et regarde tout otour pour s'assurer qu'on est seuls.

Y l'allume la boujie et l'aproche à mon bas-ventre alor j'apersois une grosse tache rouje brunatre comme une blessure, je retiens un cri.

T'inquiete pas, dit Thomas. C'est pas ta faute. Silense et pas de panique.

Je glice la main entre mes jambes et constate que l'umidité est visqueuse. C'est du sang. Du sang épès arrivé d'on ne saizou. Est-ce un chatimant ? Suis-je puni pour mon infidélité au Saigneur. Est-ce le signe que j'attandais ?

Je m'appraite à crier mais Thomas plaque sa main sur ma bouche.

Nan, Crapouille, y me souffle duremant. Si tu cries nous somes cuis tous les deux.

JE SUIS PAS CELUI QUE JE CROILLAIS.
Tout est sans dessu dessou.

Je soufre de manstrues, a espliqué Thomas. Ce qui sinifie que je suis pas celui que je croillais. Que je suis pas un garson mais une fille. Or tout le monde sait que les filles ont pas le drois de travayer iciba.

Je sais pas si je me remettrai un jour de cette nouvèle. Mais une chose est certène : jamais j'aurai une saucice entre les jambes. À la place, je vais saigner chaque mois de l'intérieur, c'est Thomas qui l'a dit.

Surtous, c'est un secrait. Persone doit savoir, ni Jack ni Will ni Joe ni Skillen. Ni Desmond. Ni persone.

Je veux pas de tout ça, je dis à Thomas.

J'en veux pas du tout, mais on dirait bien que j'ai pas le chois.

JE SUIS FOU DE RAJE contre le Saigneur. Pourquoi y fait seigner les filles ?

C'est pas un chatimant, assure Thomas, toutes les filles et toutes les fammes saignent. C'est ainsi. Même les chiennes. Pas que les persones. Les manstrues c'est la nature. Et Crapouille, tout est ma faute.

Et cette nuis, Thomas que j'avais jamais vu pleurer, éclatte en sanglos.

Dès tes débus, j'ai su que t'étais pas un garson. Mais les filles, iciba, finissent comme des jouets entre les mains d'homes de la pire espesse. Voila pourquoi je t'ai menti, pourquoi j'ai menti à tout le monde à raconter que t'étais ni fille ni garson. Je te mens depuis toutes des années pasque je voyais pas d'autre moyen de te protéjer. J'espérais et priais que ce jour arive jamais, mais le voilà arrivé. Tu me pardones ?

Je tends la main et serre la sienne de toutes mes forses. C'est pas sa faute, à Thomas. Y voulait me protéjer du mal. Je pleure un peu sur son épôle, mais pleurer sert à rien.

D'autres choses vont chanjer, Crapouille, et alor je sais pas coment je pourai encor te protéjer. Ta poitrine va grossir, coment le cacher ? Alor que t'es chaque soir aux pompes, sous le regars de tous. Enfin, nous avons encor un peu de temps, on trouvera une solussion.

Je sais pas quoi penser. Je suis rassuré d'apprendre que mes crampes sont pas une maladie, mais voilà : je suis pas ce que je croillais. Pas celui qui je croillais.

Je reste Crapouille. Je reste moi. Mais plus un garson.

Je suis rampli de raje contre le Saigneur mais pas anvers Thomas. Je repense aux istoires de fammes abusées iciba et le remersie de m'avoir protéjé depuis toutes ces années.

Mais je dois voir les choses en fasse. Je suis une fille, pas encor une famme, pourtant c'est bien un mal de famme dont je soufre.

Dès lors je dois travayer avec des lambaus de tissu coinsés entre mes jambes pour éponjer le sang, et dois me chanjer dès que je peux. Être aussi prudant aux pompes pour que persone voie que je saigne.

Thomas promet de m'éder à trouver des lambaus. Pour comancer, on déchire mon dras et se débarasse des parties souyées qui faudra brûler par précaussion – impossible de les dissimuler à cause des rats. On crac une alumète et regarde les flamaiches oranjes et rouges qui les griniotent et qui tressayent. Et sous mes zieux part en fumée tout ce que je croillais être.

LE JOUR DU SAIGNEUR passe comme un rève eveillé, moitié souvnir moitié oubli. J'ai chanjé mais je sais pas encor à quel poins. J'observe tous ces visajes à la cantine et me demande si eux me voient tel que je suis réelment.

Je lève les zieux vers le Saigneur et plisse les paupiaires pour voir sa face dans ses moindres détayes. Mille miliers de questions me dégringollent dessu comme le charbon d'un wagonet, en plein sur ma tête. Thomas garde la main posée sur mon épole pendant les chans et ça me réconforte. Aujordui les crampes sont plus fèbles.

Les flames dansent dans la Galerie animées par le soufle des sentaines d'homes et de gamins qui chantent. Et moi, la seule fille.

Après la maisse, on se rend au lac. Pas question pour moi de najer aujordui, pas avec mes manstrues et pas après ce qu'est arrivé à Tobie.

Je m'assois au bors et écoute les flaus qui lapent, lapent, lapent la rive. Je plonje mes orteyes et lesse les ptits poissons les grinioter.

Avec mon coutau ofert par Thomas, je me coupe les cheveus aussi cours que possible. Thomas a proposé de le faire, mais je dois apprendre à me débrouyer. Seulment c'est dificile, et plusieurs fois je m'entaye le crâne.

Quand enfin je regarde mon reflait dans l'eau, j'ai pas chanjé d'apparanse. Je suis toujour un gamin de Gueule d'Ours, avec ma balafre au né et mes zieux qui me scrutent. Mais désormès ma figure est telle un masque qui cache qui je suis réelmant. Ce garson que je vois dans l'eau, c'est plus moi. Je suis Crapouille, une fille de Gueule d'Ours.

Cher Maman,

Je me porte bien j'espere que toi aussi. Je sais pas si tu ressois mes lettres mais t'écrire m'entraine à l'orthographe.

C'est couteus en raison du papier qui est cher, de l'~~ancre~~ encre et des timbres mais je voudrais savoir coment tu te portes et Tatie et les autres.

Tobie est mor. Noyé semble-til mais moi, j'y crois pas car tout s'est passé sous la surveyanse de Walsh, et Tobie avait des traces otour du cou. Mais coment en être sur ?

Aussi y a un nouveau dans mon dortoir. À ses débus je le trouvais bizare mais maintnant je l'aime bien.

Voilà ce que j'ai à raconter et aussi que je t'aime et espere que tu m'aimes toi aussi et que tu penses à moi en resevant l'argent.

Thomas dit que je grandis vite. Y t'envoie ses salutassions.

Répons-moi silteplet.

Tandrement,

Crapouille.

Crapouille Coombes. Crapouille Coombes, apèle M. Sharp de sa grosse voie à la cantine ce jour de bière.

D'abors, je lève pas la main pasque j'oublie qu'un traîneur prend le nom de son hercheur, et j'ai pas l'abitude qu'on m'apèle Coombes.

Walsh se dresse, y me montre du dois.

Lui, monsieur Sharp, y dit. C'est lui.

Aussitôt Jack gronde : Nan, Walsh, t'embarqueras pas Crapouille.

M. Sharp sourit : C'est pas pour les Tréfons, y l'esplique. Le Maître veut le voir.

Un silence glassial s'abat sur la cantine.

Pis des murmures : Le Maître, le Maître.

Le Maître ? je demande et M. Sharp hoche la tete.

C'est ce que j'ai dit, y me semble ? Et que ça saute, le Maître est pas un home à faire attandre.

Thomas atrape ma main et la sère en disant : Sois prudant, Crapouille.

J'ai le queur qui bat comme un tambour quand je quite la cantine et je suis M. Sharp le lon des tunels vers les étajes supérieurs. Je sais pas où nous allons mais M. Sharp marche vite et je redouble d'éfors pour pas être distansé.

M. Johnson, le Maître en persone. Créature casi-léjandaire. Sauf que Thomas l'a rencontré une fois et confirmé qu'y l'est un home bien réele. Voilà qu'à mon tour je vais le voir. Mais mon queur tramble rien qu'à y penser : pourquoi le Maître veut me voir ? Quel sujet veutil aborder avec un gamin comme moi ?

Vite, plus vite avance, M. Sharp avance et on grimpe, on traverse des étajes de la mine que j'avais jamais traversés. Avec d'autres homes, d'autres gamins et d'autrent ponets qui travayent dur, à faire les mêmes taches que nous. plus on grimpe plus l'aire est frois et je remarque que les travayeurs sont entiairement vêtus ici, pas moitié dévétus comme nous.

Un vrai miracle, je me dis, qu'on tienne tous dans la Galerie du Saigneur, tant d'homes et de gamins, et je me demande s'y en a d'autres comme moi, d'autres filles qui font semblant d'être des garsons. J'aimerais m'arêter, les interojer sur leur cantine, sur leurs pompes, leurs dortoirs et tout le reste, mais M. Sharp fait que galoper alor je cours pour le ratraper.

Aussi, le plafons de la mine ici est plus aut, et y a pas à se courber sans arrêt. Je sais pas où on va, mais c'est pas le chmin de la Galerie du Saigneur. Cette mine est un véritable labirinte, ça me rapèle une istoire de Thomas sur une créature mi-home mi-bête et une pelotte de fisselle, alor je sonje que j'aurais ptêtre dû emporter un fil pour pouvoir revnir sur mes pas.

Plus haut, toujour plus haut, on gravit de longues pantes. Je sais plus à quel étaje nous somes à cause de la lumiere qu'est si éblouissente que j'y vois presque plus rien.

L'ectrissité, je soufle et M. Sharp hoche la tête.

Arête toi pour que tes zieux s'abituent, y l'ordone.

Je cligne et cligne encor des paupiaires, mais l'éclas est tros fort, bien plus que dans la Galerie du Saigneur, et ici la lumiere danse pas.

C'est de la majie… je murmure et M. Sharp pouce un grognemant, l'a de la morve qui sort de ses narines.

C'est ni majique, ni fiable, voilà ce que j'en pense, il réplique en s'essuillant avec un mouchoir.

Je plisse et cligne des paupiaires, à croire que je m'abiturai jamais à tant de clarté. Mais M. Sharp a repris sa course folle alor je le talone tant bien que mal, en me protéjant les zieux.

Y fait frois à l'étaje de M. Sharp, baucoup plus frois qu'au notre. On s'arête devans une porte en bois creusée dans la roche comme toutes les autres dans ce couloir. J'en conte neuf sur mes dois. Une plaque en vere est clouée dessu, avec le mot « chef de mine » et en dessou, le nom M. Sharp. Y me voit déchifrer et rit :

C'est ton écriture et ton intelijance qui t'amènent ici, y déclare avant de me poucer pour que j'antre.

Le Maître est là, le dos tourné. Y se réchaufe au coin du feu. Y porte un beau costume bleu et un chapau encor plus haut que sa tête, comme l'a raconté Thomas.

La pièce est toute décorée de boiseries scultées comme dans les nobles demeures. Près de la chminée se dresse un burau tapissé de vert, et y a des chaizes de part et d'autre. Une vision incroillable, je sais même pas où regarder. Alor M. Sharp se racle la gorje et voilà que M. Johnson se retourne.

LAISSEZ-NOUS, y l'ordone et d'un jeste y chasse M. Sharp comme un vulguère insecte. M. Sharp se retire en notant son chapau par politaisse et ferme la porte derrière lui.

Le Maître me toise. Y l'a une figure pinsée avec un lon né et des pomettes pointues. On dirait un faucon, sévaire mais intellijant.

Assis, y l'ordone et j'obéis. Je m'assois sur une chaize et lui-même reste debous à me toiser. Y retire son chapau et dessous ses cheveux sont tout aplatis et noirs comme des ailes de scarabé.

Crapouille, y prononse lantemant. Drôle de nom, Crapouille.

C'est pas mon nom de naissance, monsaigneur. C'est un surnon donné par Thomas, qu'y partaje mon dortoir, mais c'est bien ainsi qu'on m'apèle.

Y sourit pourtant son regars reste dur.

Tu es un garson hardi, nessepa ? Intrépide.

Je garde le silense.

Ta lettre, il dit en montrant une pile de papiers sur son burau.

J'apersois mon écriture sur la première paje. Ma lettre à M'man.

Dans cette lettre, gamin, tu formulles de graves accusassions, y poursuit en tapotant le papier avec le bou de son indecse.

Je répons rien.

Vois-tu Crapouille Coombes, dans cette lettre, tu incinues que la mor de Tobie Williams serait un acte criminnel. Veux-tu m'espliquer ?

Y l'avait des trasses otour du cou, monsaigneur. Je les ai vues.

Pourtant sa mors a été déclarée acsidentelle. Une noillade.

Des trasses otour du cou et noillé en même temps ? Coment peut-on se tuer de deux fassons, monsaigneur ? Drôle d'acsident quand même…

Et pourtant je ne ris pas, nessepa ? réplique le Maître.

Nan, je marmone.

Plus fors ! y dit sèchemant.

Nan, monsaigneur, je répaite d'une voie claire.

Y prend une inspirassion puis pouce un lon soupir. Vois-tu Crapouille, ma tache est d'administrer Gueule d'Ours du mieux possibe. J'aimerais pouvoir améliorer la sécurité de la mine mais cela coute cher. Aussi je dois faire des chois. Faire dessandre l'ectrissité au finfons ? Ne serait-ce pas de l'argent perdu pisque le charbon va s'épuiser ? Alor continuer de travayer à la boujie ?

Y fait les sent pas.

Équiper chaque étaje de lampes de sécurité alor que ces lampes elle-mêmes sont danjereuses ? Fournir de meilleures botes aux travayeurs ?

Y marque un silence et poursuit :

Comme tu le vois, ce sont des cruels dilèmes que je dois sans cesse afronter. Faut-il promouvoir un bon travayeur ou me débarracer de lui en réson de rumeurs sur sa conduite ? Que faire, Crapouilles Coombes, que faire ? y demande.

Vous parlez de Walsh, monsaigneur ?

Y sourit.

Walsh est un travayeur efficasse, Crapouille. L'un des plus efficasses que je conaisse. Dois-je me débarracer de lui en réson... d'un ou deux égaremants ? Ou fermer les zieux et rien chanjer ?

Je garde le silense.

Nous somes tous responsables de la réputassion de Gueule d'Ours, continue-til. Que le Saigneur nous protèje. Y a bien des choses j'aimerais améliorer ici mais tout est question de cout. Dans la conjoncture actuelle, Gueule d'Ours doit être performante, comprends-tu ?

Je garde le silense.

Crapouille, j'ai eu vent de rumeurs, paret-il que toi et les autres de ton dortoir pouriez être des fotteurs de trouble. Tu comprends nessepa ?

Je garde le silence.

L'un d'eux, Thomas, celui qu'y t'enseigne l'ortographe, et avec quelle jénérosité, a demandé une augmentassion jénérale. Cela au moin, tu le comprends ?

J'oche la tête. Mais garde toujour le silence.

Et pis y a ce Desmond. Qu'en penser de celui là ?

Dès qu'y prononse ce non, Saigneur, pardonez-moi si vous egzistez, mais je roujis des piez à la tête.

Le Maître m'observe avec ses zieux de faucon. Y l'incline la tête et fait : Ah, je vois… Debous, gamin.

Y s'approche tout près et me scrute, sa figure et son né pointu à deux sentimètres de mon visaje.

Jolie créature, qu'y murmure. Et qui pluzait tu aimes les garsons ?

Y tend la main et caresse ma joue. Une telle dousseur, il dit. Tu es si jeune, Crapouille. Encor un enfant.

Sa main glisse le lons de mon visaje pis sur mon cou et sa main est si froide que je frémis. Y s'arrête sur mon torse, la main ouverte. Je tremble qu'y trouve le coutau ofert par Thomas caché dans ma poche, et prie le Saigneur même si je suis plus sur vraimans qu'y l'egziste.

Mais le Maître va pas plus loin. Y reste avec sa pôme fijée sur ma poitrine en me ficsant drois dans les zieux. Y semble attendre.

Le feu crépite dans le foiller. Enfin y retire sa main et me caresse encor la joue. Sans me quiter du regars.

Une si jolie créature, il marmonne encor en retournant à son burau. Assis, y l'ordone à nouveau avec un geste autoritère, et lui aussi prend place.

Mon queur martelle dans ma poitrine, et je me rends conte que, pendant tout ce temps, j'ai retenu ma respirassion.

Tu pourais m'être très utile vois-tu Crapouille, déclare M. Johnson. Car y semblerait que Desmond egzerse une movaise influance sur la mine et y serait bon de l'avoir à l'euye. Me suis-tu ?

Je garde le silense.

Si Desmond a été otorisé à travayer à Gueule d'Ours, c'est pour une seule réson : son père, poursuit le Maître et y rit dans sa barbe. Pardon, rien qu'une plaisanterie entre moi et moi-même.

Y plonje la main dans sa poche et en sort une pièce, une vraie pièce toute propre et dorée et si brillante que j'en suis ébloui, et y l'a pose lentemant devans moi sur le burau.

Vois-tu Crapouille, je serais prais à péyer pour obtenir des informassions, y l'esplique doussemant. À péyer cher.

Y fait glicer la pièce vers moi et, je l'avoue, jamais j'ai vu une telle fortune. J'ai la gorje sèche.

Sais-tu Crapouille que je suis un dessendant du Saigneur, y déclare. Par filiassion directe. Alor y l'est bien naturel de faire ce que je demande, nesse-pas.

Y sourit.

J'entends le tic tac de l'orloje et les crépitemants du feu.

Je dois être prudant. Très prudant.

Y a rien à espionner monsaigneur, j'assure en tremblant comme une feuye. Thomas a demandé une augmentassion, sa demande a été refusée, rien de plus. Quand à Desmond, y s'adapte, y l'est pas encor un parfet gamin de Gueule d'Ours mais ça tardera pas, j'en suis certin.

Le Maître me dévisaje comme s'y voulait me perser rien qu'avec ses zieux. Y l'esquice une moue pis soupire.

Tu comprends, Crapouille, pas d'informassions pas de sous.

Y pose le dois sur la pièce et la ramène vers lui.

La fortune m'échappe.

J'aimerais pouvoir dire mieux, monsaigneur, mais je suis pas un menteur et je peux pas acsepter de l'argent pour mentir.

Un parangon de vertu, qu'y marmone. Mais alor quel domaje de devoir faire ceci à ton ptit courier.

Y l'attrape ma lettre et telle une plume, la lâche audessu des flames. *Foum*, le page part en fumée. Mes mots réduis en cendres.

Je vais pour me lever, mais y me fait signe de pas boujer.

Je dois protéjer la réputassion de la mine, Crapouille, poursuit-il en souriant. Alor ta maman attandra la prochaine lettre, nessepa ?

Y se panche par dessu son burau et ajoute : Si t'as autre chose à me dire, mon enfant, je te suggère de le faire sur-le-chant.

Y recule dans son sièje et croise les bras, y l'attand.

Domage, dit-il enfin. Puis y prend une breve inspirassion et se lève.

T'as eu ta chanse, Coombes. Je t'ai donné une ocasion en or, aujordui. C'est toi qui l'as pas saisie. Ne l'oublie jamais.

Y m'observe encor un instans. Come je sais pas quoi répondre, je garde le silense malgré la raje qu'y grandit en moi d'avoir vu ma lettre anéantie.

Sharp ! apèle le Maître, et M. Sharp entre au pas de cource. Nous avons fini. Renvoillez cet enfant d'où y vient.

M. Sharp m'atrape par le bras et me trène dehor avant que je puisse réagir. J'aurais voulu cracher à la face du Maître d'avoir brulé ma lettre, d'avoir pensé que j'espionerais mes amis.

Mais j'ai la bouche tros seche et ses parolles raisonent tros fors dans ma tête.

Et y a aussi toutes les autres choses que j'ai vues, tous ces courriers, une pile énorme sur son burau. Celles d'autres travayeurs, je parie. J'en suis sur. Et, que ce soit lui ou M. Sharp, quequ'un les a ouvertes pour savoir ce qu'on racontait. Y zutilisent nos lettres à des fins d'espionnaje. Pour leur propre intéret.

Je suis en colere et calme à la fois. Je vois clère à présant. Les réponces à tous ces pourquoi. Le Saigneur veut qu'une seule chose : ce qui lui profite. Le Saigneur, c'est pour le Maître, pas pour nous. Y l'écoute pas. Ni moi ni persone. Si ça se trouve, y l'a jamais écouté.

Mon espris est tel un poussin qui sort de l'euf.

Je sens une flame dans mon vantre, et comme dans les istoires de fénix que raconte Thomas : je renais.

TANDIS QUE M. SHARP me ramène à mon nivau, je tante d'anrejistrer tout ce que je vois. Y se trouve plus de travayeurs réunis ici que j'en ai jamais vus de l'autre côté, avant que je vienne à Gueule d'Ours. Je sonje à tous ces homes par centènes qui chantent et prient dans La Grande Galerie du Saigneur.

On n'a pas le drois de se mélanjer aux autres nivaux, ormis le Jour du Saigneur, tout comme y l'est défandu de faire antrer plus de travayeurs dans la cantine que le nombre de otorisé. Mais je réfléchis. Tant de travayeurs à Gueule d'Ours et si peu de responsables. J'en dénombre pas plus de neuf en totallité en contant M. Sharp et son équipe. Tous cumulés, les travayeurs sont bien plus nombreux que les responsables. Et de loin.

Je repense à ce qu'a dit Desmond à ses débus. Y sufit d'une persone. Une seule.

Tant d'homes et de gamins qui travayent comme des chiens iciba et moi, la seule fille. Je pose la main sur ma poche, et sens la dousseur de la lame que m'a donnée Thomas.

J'enregistre tout ce que je vois sur mon chmin. Tout.

Car rien est plus fassile que se débarracer d'une persone iciba, et je crins que ce soit le bute du Maître, qu'y veuille me livrer à Walsh pour m'anvoiller dans les Tréfons. Que ce soit mon chatimans. Y me faut avertir les autres de ce que j'ai vu et entendu.

On peut se débarracer d'un gamin mais pas de tous les homes, pas de tous les homes qui refusent d'obéir. Nesse-pas ?

M. Sharp me ramène à la cantine mais tous les autres sont partis.

D'ici tu conais le chmin, y me dit en me laissant, le ventre hurlant rien qu'à penser à ma bouillie pas finie. Y reste rien, pas une seule miète. Mais enfin, j'ai d'autres chas à fouéter.

Je fais un signe de tête à M. Sharp et m'enfonse dans la noirseur des tunels telle une taupe. À la recherche de Jack.

Désormès je dois être prudant, je me répette l'oreille tendue, à l'afus de bruits de pas ou que sais-je. Les gars de mon dortoir se sont pas seulment mis à dos Walsh, mais aussi le Maître en persone, à ce qu'on dirait.

Je pense à ma lettre qui brûle dans la chminée et sère les poins.

Tant d'argent péyé pour le papiller l'encre et le timbre. Parti en fumée. Et, pire, M'man qu'aura ocune de nouvèle de moi avant encor six mois. Je pouce un grognemant et l'écau résonne à la ronde.

Une fois, Thomas m'a dit : Quand t'es en colere, le mieux c'est tout garder au fons de toi, et rester concentré, pis ensuite t'en servir.

Voilà ce que je vais faire avec cette rage nouvèle. M'en servir, quoiqu'y l'en coute. M'en servir jusqua la dernière goute.

Pas de doute, Jack est bien content de me voir revnir. Pas fassile d'être seul pour ramplir le wagonet et creuser la roche, tchac tchac. Mais à nous deux, on boucle le travaye en moitié moins de temps.

Pourquoi le Maître voulait te voir ? il demande.

Y voulait que je vous espione. Contre de l'argent.

Nous espioner ? Jack s'interont dans son mouvmant. Nous espioner pourquoi ? Qu'esse qu'y a à espioner ?

On en parlera plus tars, je dis. Après la cantine à notre retour au dortoir. C'est des choses dont on doit discuter tous ansamble.

Jack me regarde d'un euye diférant. Y me demande :

Ça va, Crapouille ?

Je fais oui de la tête.

Oui. Et je suis pas un espion, ni aujordui ni demin. Toi et moi on est pas les meilleurs amis du monde, Jack, c'est certin, mais on est loyaus et c'est tout ce qui conte. Mais depuis quelque temps, vois-tu, je réfléchis beaucou, et je crois qu'y faut comenser à s'organiser. Y m'est bien clair à présant que le Maître aprécie Walsh, y me l'a dit, mais Walsh nous porte pas dans son queur, alor...

Je termine pas ma frase.

Dacors, dit Jack. Réunion au dortoir avec tous les autres, Crapouille. Dacors.

Et on reprend le travaye comme si de rien était. On travaye et on trime tout ça pour que l'argent tombe dans ses poches à lui. Le Maître, dans son burau, avec ses habis propres et son grand chapau.

En filiassion directe avec le Saigneur, il a dit. J'y crois même pas.

Ce matin là, je travaye dur. Quand le cous de siflet sone la pause et que je me rands à la leçons d'ortografe, nous avons rempli neuf wagonets.

Dès qu'y me voit Thomas me sère dans ses bras. Y me tient fors contre lui. Desmond est là aussi dans l'ombre. Y pousse un soupir de soulagemant en m'apersevant et passe la main dans ses cheveux.

Qu'esse qui s'est passé ? demande Thomas et je leur raconte tout. Jusqua la dernière goute. Chaque mot que m'a dit le Maître, et ma lettre qui brûle, et les autres étajes de Gueule d'Ours que j'avais encor jamais vus, l'ectrissité, tout, même si Thomas a déjà vu quand y l'est monté voir le Maître.

Desmond secoue la tête quand je lui raconte ce que M. Johnson a dit sur son père. Que c'était à cause de lui que Desmond est iciba. Y tape du poin dans le mur. Thomas pose la main sur son épole.

Calme, calme, il dit. Calme-toi, qu'on réfléchisse à tout ça rassionnelment.

Calme ? réplique Desmond, furieus. Tu veux que je me calme ? Ce type, alor…

Mais ton père est mor, nan ? je demande.

Mor par la faute de Johnson, répond Desmond.

Raconte à Crapouille, dit Thomas.

Dacors, aquiesse Desmond et y réfléchit un instans. Mon père avait réuni des homes pour réclamer de meilleures condissions de travaye pour les mineurs de Gueule d'Ours et aussi d'autres mines. Y disait qu'iciba, en vérité, c'était de l'esclavaje qu'on praticait. Y savait se faire entendre, mon père, y participait aux assamblées dans les vilages. Y l'y croillait vraimant.

Un beau jour, des homes en costume se sont présantés et l'ont emené, soidisant sur ordre des autorités pour être intérogé. Quand elle a apris ça, ma mère est devnue folle, elle est partie à sa recherche, sauf qu'y s'était volatilisé. Et les autorités avaient ocune idée d'où y l'était.

Mais alor, peut-être qui l'est… je comense et Desmond me coupe en secouant la tête.

Nan, y dit. Un pécheur a retrouvé son cors plus bas dans la gorje deux semènes plus tard. Mor et plein de sang.

Et… fait Thomas pour l'insiter à continuer.

Et avec des traces otour du cou, ajoute Desmond, et rien que de le dire, je vois qu'y soufre. Des marques comme des traces de corde.

Je repense à Tobie. À quand je le tenais dans mes bras près du lac. Avec ces traces otour du cou.

C'est comme ça qu'y punissent ceux qui se révoltent, esplique Desmond. Tout le pouvoir est entre leurs mains et y feront tout ce qu'y peuvent pour que ça change jamais.

Mais Tobie faisait de mal à persone, je fais remarquer.

Sauf que Walsh est l'alié du Maître. C'est bien clair d'après ce que t'as raconté, Crapouille. Et le fait que M. Johnson ait plaisanté sur mon père, voilà qu'en dit lon sur ses métodes.

Pourquoi il a dit que t'étais ici en réson de ton père ? je demande.

Thomas l'encouraje à répondre : Vazy, Desmond.

Y prend une grande inspirassion pour se forser à continuer : C'est pas joli comme istoire, y dit, pas comme les istoires de Thomas.

Je suis assé vieus pour conaitre la vérité, je dis et Thomas hoche la tête.

Après ce qu'est arivé à mon père, ma mère, moi et mes ptits frères, on a conu des temps dificiles. On a conu la fain. Ma mère trouvait pas de travaye. Ou qu'elle aye, on la rejetait encor et encor. Ménaje, meunerie, de l'ède ici ou là, rien. Toutes les portes du vilage étaient fermées. Alor elle a esseyé le village voisin, puis le suivans, mais c'était pareille.

Pourquoi ? je demande.

Pasque les abitans sont dépendans des mines pour ganier leur croute. Pour eux, causer des ennuis est tros risqué, alor y font rien.

Et quesse qui s'est passé ? j'insiste. Coment tu as fini ici ?

M. Johnson a fait une proposission à ma mère. Pas lui-même, bien sur. Pas le Maître en persone, un de ses lacais. Y l'a dit qu'en m'envoillant dans la mine, je ganierais assé pour nourir ma famille. Mes frères mouraient de fain. Ma mère voulait pas, mais je suis parti le lendmain à l'aube. J'ai mis trois jours à venir ici, trois jours entiers de marche et à mon arrivée, y m'ont fouété. Fouété le dos jusqua faire ruisseler le sang.

Je me souviens, je dis, à tes débus iciba, je me rapèle ces marques dans ton dos.

Desmond besse les zieux. Je pensais qu'en venant à Gueule d'Ours, en voyant la mine de mes propres zieux, je réussirais à montrer aux autres ce que voyait mon père. Pour poursuivre ce qu'y l'avait commensé. Pour agir. Mais y avait le noir. Le manque d'ocsigène. Au débus, j'ai cru devnir fou. Les premiés jours ont été les plus durs de toute ma vie. Pis j'ai repensé à mon père, à ce qu'y l'aurait fait. Y l'aurait pas bessé les bras. Pas si vite. Alor j'ai redoublé de déterminassion. Pour pas le déssevoir. J'étais bien déssidé à m'échaper pour pouvoir raconter au monde antier ce que j'avais vu. Quelle vie nous menons dans ces bafons.

Y suffit d'une persone, voilà ce que tu m'as dit. C'est pour ça que t'as esseyé de t'enfuir ? je demande et il hoche la tête.

À tous les étajes y a des gardes, y répons. Des zieux et des oreilles partous. Je suis pas aussi abitué que toi à l'oscurité, Crapouille. Je sais pas me servir de la pénombre. Y zont eu aucun mal à m'intersepter. Y m'ont enfairmé dans une sale toute noire et minuscule pendant je sais pas combien de jours. Avec pour seule pitanse du pain rassis et des cous de pié.

Y se tait avant de conclure : J'ai échoué. J'ai déçu mon père.

Nan, je dis. Nan, pasque t'es toujour vivans. Et qu'on peut encor ajir. C'est pas la fin, Desmond. C'est que le débus. Pas vrai, Thomas ?

Thomas est pensif.

J'ai peur, y l'admet. Peur pour nous tous. Mais Desmond m'a posé des questions qu'y m'ont fait réfléchir et changer de regars. Faudrait être bien minable pour pas vouloir ajir. Voilà pourquoi j'ai été voir le Maître.

Pourtant rien a chanjé, je fais remarquer. Ou du moins pas encor. Je prends une inspirassion et ajoute : Le momans est venu de vous raconter quelque chose.

Alor je leur raconte Rickerbee, et ce qu'on a vu, Tobie et moi. Thomas hoche la tête gravment.

J'avais entendu dire qu'un home avait été banni, un désacsé. Ptêtre que c'est celui que t'as vu, Crapouille.

Desmond acquiece. Alor y l'ont rossé comme y m'ont rossé avant de le lesser partir, qu'y dit. Mais moi, c'est des gardes qu'y m'ont batu. Pas Walsh, ça je peux le jurer.

Je tends la main et Desmond pose la sienne dessu en me regardans drois dans les zieux et Thomas pose aussi la sienne. Trois mains. Ensamble.

Et au fons de ma tête, je sonje que j'avais jamais entendu Desmond parler autans.

Aux pompes après le travaye, je garde la tête bessée mais Walsh est là et je sens qu'y me reluque. Je fains de l'iniorer. Désormès notre dortoir se sère les coudes et nous pénétrons dans la cantine comme un seul home. Après la pitanse arivent les grans tonaux. En avant pour le Jour de bière.

Y l'est temps de s'éclipser mais alor que Thomas, Desmond et moi nous levons, Walsh savance vers nous, ajile comme une anguille, et le voilà à nos côtés.

Où vous allez, les gars ? il demande. Ces deux gamins ont bien l'aje de boire, nan ?

On est pas sous tes ordres, réplique Thomas. Lesse-nous passer je te prie.

Walsh soutient son regars pis s'écarte.

Je t'ai à l'euye, l'érudis. Je t'ai à l'euye et eux aussi.

Pis y me regarde et me dis : Le Maître y t'a à l'euye.

Nous nous éloinions et j'ai un haulqueur à l'idée d'être surveillé, et de tous ces homes qui boivent à s'en rendre fous. J'ai même plus envie de faire la leçon d'ortographe ou de discuter alor je rentre au dortoir, mais Thomas et Desmond veulent pas me lesser seul, question de sécurité, alor y m'èscortent et s'instalent dans un coin pour parler. Je me cache sous ma couverture, équeuré de ce monde. Équeuré de Gueule d'Ours. J'aimerais tant être ayeurs, sain et sauf à l'abris du danjer.

C'EST LE LENDMAIN qu'arivent les problemes. Après la leçon, je retourne voir Jack, tandi que Desmond retourne auprès de Skillen dans l'autre puits car y l'a pris la place de Tobie. Y macompagne jusqu'en haut du tunel, où nos chmins se séparent et y me sère la main en guise d'orevoir. J'ai les dois qu'y picotent un ptit moment après ça. Et soudin, les voici.

Les ennuis.

Au deuzième panier de charbon.

C'est quand j'atins le somet de la pente que je les entends à nouveau. Les pas que j'avais déjà entendus, au loin. Quequ'un qu'y garde le silense. Ma main se sère otour du coutau dans ma poche. Il est toujour là.

Y a quequ'un ? je demande tout bas. Pas de réponce alor je me tais. Ptêtre esse mon imaginassion qui me joue des tours.

J'atache mon panier pour le décharjer. Mais y doit profiter du cliqueti des attaches pour s'aprocher à pas de lous car d'un cous, y l'est derrière moi. Y plaque sa main sur ma bouche et je sens son haleine imonde de bière.

Bonjour ptite souris.

C'est la voie de Walsh qui chuchotte à mon oreille.

Tu sais ce qu'y leur arive aux ptites souris comme toi qui se fofilent partout et font des bêtizes ? On leur donne pas de fromaje, ptite souris.

Je lui mors les dois mais y l'est plus rapide. Y m'imobilise avec l'autre bras et enfonse ses dois dans ma bouche jusqu'au fons de ma gorje.

J'ai un haulqueur pis un autre, mais Walsh fait deux fois ma taye et me tient fermemant.

Ptite souris toute coinsée, il sussure et je sens sa langue qui me laiche laiche laiche l'oreille. Ptite souris t'as bon gous, comme ton ptit copin. Y l'avait fini par me raconter qui l'avait une souris de companie, mais moi je trouve que ce nom te va mieux à toi, pas vrai ptite souris ?

De toutes mes forses, je cogne dans ses tibias en essayant de le repoucer pour atindre mon coutau mais y l'est tros fors, plus fors que moi. Je voudrais crier et pleurer mais je peux à peine respirer avec ses dois au finfons de ma gorje et mes bras retenus dans le dos.

Jigote pas, ptite souris, y murmure en me léchant le cou. Jigote pas, y répette sèchmant. Y me sère plus fors et je sens une ligne glaciale dans mon cou. Une lame, surment.

Je me tais.

Tu vois ptite Souris, c'étais pas si dur, y soufle et la sensasion de froi s'éloigne de mon cou.

Y sort ses dois de ma bouche et avant que je puisse urler y me plaque contre la paroi rocheuse, tenant mes bras derrière mon dos avec une main, ma figure contre la roche. Je prends des grandes inspirassions tant bien que mal.

Je sans sa main se ballader sur mes fesses, et qu'y remontent le lons de mon pantalon pour le déboutoner. Je voudrais crier mais pas un son ne sort de ma bouche.

Allé ptite Souris, on peut bien s'amuzer un peu. T'es une créature si jolie, c'est aussi ce que pense le Maître. Y l'était bien tanté de te garder pour lui, mais y l'a acsepté que je te prène à la place, et pour ça je le remersie mile fois.

Tout en parlant y m'agripe et me tire, et je sens quelque chose de lons solide et dur comme une chandèle qu'y pouce contre mon dos.

Sa main glice dans mon pantalon et je sens cette main qui me caraisse les fesses.

Je vais pas te mordre ptite Souris, y chuchotte. Quoique…

Je remue et m'ajite et fais tout mon possibe pour me libérer mais y se colle contre moi et j'ai pas la place de boujer.

Tu jigotes tros ptite Souris, y dit d'un ton tranchant. Plus que ton ptit copin. Lui se tenait bien cois et me léssait faire ce que je voulais.

Y déchire mon pantalon en tirant dessu et je sens l'aire sur ma pau et sa pôme lourde et chaude sur moi.

Oh oui ptite Souris, y grogne.

Je sans ses dois qu'y filent entre mes fesses et je suis certin qu'y veut m'abuser.

Je parviens à libérer mon bras gauche mais y l'est plaqué si fors contre moi que dois rassambler toutes ses forses pour passer la main et atindre le coutau dans ma poche droite.

Sa main monte entre mes cuices à présant.

T'es quoi, alor, ptite Souris ? y soufle. On raconte que t'es un eunuc, c'est vrai ? C'est la première fois que je goute un eunuc, moi, tu sais, et j'en suis bien conten.

Y se fije un instans quand sa main rencontre la garniture pour mes manstrues.

Tiens, c'est quoi ça ? y demande, surpris.

Et d'étonemant y se recule un instans.

Y m'en faut pas davantaje pour dégajer mon bras drois et sortir le coutau. Je le plante en arière dans sa jambe aussi profons que possibe et le ressors aussitos.

Y bondit, s'éloigne en trébuchant et en urlant de douleur. C'est le momans. Je fais volteface, le pantalon sur les genous et abas à nouveau mon coutau dans le noir. Je sans la lame qui s'anfonse et un cri retantit. Alor je sais que l'ai eu.

Je sors la lame et recule dans l'oscurité et me cache derrière mon panier.

Réfléchis, Crapouille, réfléchis, je me dis, le queur qui tambourine jusque dans mes oreilles. Y va pas s'arreter, y s'arretera pas jusqua que tu sois mor et disparu.

J'essaye de me calmer en respirant mais mon queur martèle comme du tonnerre et je me demande si y résone dans tous les tunels.

Où t'es, ptite Souris ? urle Walsh, furieus mais essayant de le cacher.

Sa voix est forte, y chuchotte pus.

Viens ici ptite Souris, c'était qu'une blague, tu sais. J'alais pas te faire du mal.

Je connais ce tunel comme ma poche et j'entends qui me cherche, y l'attand que je me traïsse mais y'a ocune chanse. Ceci est un combas à la mor et je dois faire usaje de mon cervau pour batre Walsh car je n'ai nulemant la forse de l'afronter fisiquement.

Je l'entends qui se raprochent de l'autre côté du panier et je passiante, je conte ses pas. C'est ma seule chanse.

J'attands qu'y soit tout près, au poins de le santir près de moi. Et je le poiniarde en plein dans la jambe, une fois deux fois trois fois et je l'entends qui trébuche et vacille et s'efondre.

Salté de ptite Souris ! y lurle. Attands un peu que le Maître aprène ça !

J'entends qu'y l'essaye de se relver, mais y l'a fait une movaise chute, alor je saute sur l'ocasion.

Je sais qu'y l'est à coté du panier. Aussi rapidemans que je peux, je bondis et défais les ataches, clac clac clac. Y doit y avoir cent kilos de charbon là-dedans. Je pouce et pouce le panier et tout se vide sur lui. Le charjement complet. Krrr krrr crac boum boum, le charbon dégringolle sur Walsh, l'ensevlit et étoufe sa voie. Le sufoque.

Silense.

J'écoute, encor et encor, mais j'entends rien ormis l'écau de mon propre soufle dans le noir. J'inspire ecspire inspire ecspire comme un benet. L'aire entre et sort de mes narines.

Antre.

Et sort.

Je peux pas faire davantaje pour le momans, ça et fourrer ma garniture dans ma poche avec le coutau.

J'avais jamais tué. Ni un home ni rien. C'est chose faite à présant.

Sans ocun regrait. Walsh a assaciné Tobie et si je l'en avais pas empeché y m'aurait tué aussi.

J'essaye de me lever mais mes jambes flajolent tros alor je me rassois. J'essuie mon visaje tout trampé avec ma manche, et je sais pas bien si c'est du sang ou des larmes.

Sachant pas quoi faire, je reste là jusqu'apersevoir une boujie qu'y danse dans le tunel, alor je sonje que ma fin est venue. Cette fois je suis cuis.

SAIGNEUR SAUVEZ-MOI.

C'est Desmond qu'est venu décharjer son panier.

Je sifle dans le noir. Une chanse qu'y l'ait encor si peur du noir qu'y continue à travayer à la chandèle.

Y s'aproche.

Qu'y est là ? y demande. Crapouille c'est toi ?

Mes jambes refusent toujour de me porter mais je pouce un cri alor y lève sa flame et m'apersoit.

Quesse qui s'est passé ? y demande, orifié. Y a du sang sur ta figure.

Walsh, je répons la voie brisée. Walsh.

Ou y l'est ? demande Desmond. Ou y l'est ? y répette en raje.

Je tends le dois vers la montagne de charbon.

Esse qu'y l'est ?...

Je fais oui de la tête.

Je sors le coutau de ma poche, plein de sang. Je le montre à Desmond et y comprend.

Y l'a voulu me… me… je comense mais les mots refusent de sortir. Y restent coinsés au finfons de ma gorje.

Mais Desmond voit. Y voit mon pantalon déchiré et je sais qu'y comprend.

Y l'a fait aussi à Tobie, je murmure.

Desmond prend une inspirassion pis y dit :

On doit le boujer. Avant que quequ'un le voie. Tu tiens debous ? y me demande et me tand la main.

Je parviens à me lever mais mes jambes tremblent comme celles d'un jeune poulin.

Y faut faire vite car si quequ'un voit… soufle Desmond.

Y finit pas sa frase mais je sais qu'y l'a réson. Y faut cacher ce que j'ai fait le plus vite que possibe.

Thomas, je dis. Thomas.

Desmond comprend pas.

La dinamite, j'esplique. Aujordui, Thomas doit ouvrir une nouvèle vaine et…

Desmond a déjà comensé à déblayer le charbon, vite vite.

Quand les gars viennent-ils pour emporter ce charjemant ? y demande en désiniant le charbon.

Je sais pas précizémant. Dabitude, je le lesse ici et y l'embarquent.

Essaye de réfléchir, insiste Desmond. Deux fois par jour, trois fois ?

Je sais pas. Je crois qu'y viennent trois fois. Ce matin, avant la leçon, y avait rien, alor…

Y faut faire vite.

Je l'ède autans que je peux, mais je suis loin d'être d'aplon, et c'est Desmond qui fait l'essanciel pour tout déblayer. Soudin, je le vois. Sa figure qui m'observe. Walsh. Le sang dégoulinans sur son frons livide.

Cette figure. Je tramble de partous je peux pas m'en ampêcher. Je recule contre les rochers, et sens la pierre froide et umide dans mon dos.

Desmond brandit sa chandèle au dessu de son visaje, de ses zieux écarquillés quand soudin les pupilles noires de Walsh se braquent sur lui.

Desmond trébuche, y manque de soufler sa boujie.

Walsh est pas mors.

Y l'ouvre la bouche et la referme comme un poisson, et aucun son ne sort.

Qu'esse-qu'on fait ? chuchotte Desmond et on se regarde afolés. Le temps semble se fijer quand soudin un rale sort de la bouche de Walsh et ses zieux porsins roulent vers le siel. Puis plus rien. Cette fois, y l'est mors pour de bon.

À présant je sais qu'y est l'home de l'ombre. Sa voie sussurant dans mon oreille, c'était la même que j'avais entendue. Walsh, l'home qu'a ordoné de tabasser Rickerbee. L'home qu'a tué Tobie et d'autres aussi sans doute.

Je pense : ptite Souris sait se défandre, mais d'un cous je hoquète et renifle et sanglotte frénéticmant jusqua ce que Desmond me secoue.

Crapouille, on doit filer.

Y me fait signe de mécarter car je n'ai pas assé de forse pour l'èder, alor je prends apui contre la roche, tandi qu'y comense à déplacer le charbon, rapide et sans bruis, au bors des rayes où y doit être ambarqué par les gars. Les jambes de Walsh sont ansanglantés, je l'ai pas loupé.

Maintnant, ède-moi, Crapouille, dit Desmond. Seul j'y ariverai pas.

Ensamble nous hiçons Walsh dans mon panier et je détourne les zieux car je peux plus suporter de voir son visaje.

C'est fini, je me dis et m'otorise enfin à respirer.

C'est fini. Et, à vrai dire, j'éprouve aucun regrès.

M'ENTENDEZ-VOUS SAIGNEUR ?

Je sens le sang de Walsh tout collans sur ma main et j'en ai la nosée.

J'ai tué un home, je pense tandi que Desmond et moi poussons le panier le lons des rayes vers l'androit où, plus que tout, j'espere trouver Thomas.

M'entendez-vous, Saigneur ?

Mais nulle réponce ne vient.

Nous avons recouvers le cors de Walsh de charbon pour le dicimuler. Desmond tire le panier, la chandèle coinsée devans, et moi je pouce, caché dans l'ombre à cause du sang épès qu'y me colle de partous.

Nous ne somes pas sensés être là. Nous croisons d'autres travayeurs, des visajes qu'on vois abituellemant qu'à la cantine, et c'est Desmond qu'y dit : Place, place. Lessez-nous passer sur ordre du Maître. Vous savez sans doute qu'hier à la cantine, M. Johnson a demandé à parler à ce gamin, et bien aujordui y l'est charjé d'un servisse spécial.

Ces mots sont comme un sézame et on nous lesse passer sans la moindre résistanse.

Desmond m'a un peu netoillé le visaje mais je sens encor des picotemans et une douleur. Ça veut dire qu'un gros bleu va aparêtre.

Nous mettons une éternité à attindre l'androit où travaye Thomas, et Desmond doit demander plusieurs fois le chmin avant que nous le trouvions.

Cette mine est un vrai labirinte, dit Desmond et y l'a pas tors.

Thomas travaye seul, y l'ouvre une nouvèle vaine. Sans la flame de Desmond pour nous éclérer, on lui aurait colé la frousse de sa vie à surgir ainsi sans prévenir.

Desmond esplique tout, et moi je reste oprès du panier, agripé des deux mains pour pas chanseler. Et je pense au crime que j'ai comis.

Saigneur m'entendez-vous ?

Saigneur êtes-vous là ?

Mais nulle réponce ne vient.

Alor je vois plus qu'une chose : les ténèbres.

Je me réveille dans ma couche, tout barbouyé.

Tout me revient. Ce qu'est arrivé. Ce que j'ai fait à Walsh.

Tout repasse dans ma tête encor et encor. Ses mains sur moi, la peur qui m'étoufe. La panique et la lute pour me dégajer. Walsh l'home de l'ombre. Et maintnant, je sais qu'y l'a fait pareille à Tobie.

Desmond et Thomas m'ont ramené. Je devais être évanoui.

J'ai envie de vomir, je voudrais me lever mais je peux pas.

Une main se pose sur la mienne.

Nan Crapouille, reste alonjé, t'es pas près.

C'est Desmond.

Où y sont tous ? je demande. Quelle eure y l'est ?

Encor l'eure du travaye, y répond. On a raconté à Jack ce qui s'est passé et c'est lui qu'y te couvre. Skillen me couvre aussi. Thomas m'a dit de te ramener.

C'est arivé pour de vrai ? je soufle.

Oui.

Y prend ma main. Je sans sa chaleur.

T'es la persone la plus courajeuse que je conaisse, Crapouille. Je sais pas si j'aurais eu le couraje d'ajir comme toi, si vite. T'es une persone forte Crapouille. Vraiment.

J'essaye de me redrécer et Desmond s'assoit au bors de ma couche.

Ça va si je me mets là ? y demande et j'aquiece.

J'ai du mal à avaler. Je veux plus y penser. A rien de ce qu'est arivé.

C'est fini, maintnant. Thomas l'a caché au finfons du tunel qu'y va faire escsploser et ce soir, y l'aura disparu. Parti en fumée.

J'oche la tête.

Ça me désole ce qu'est arivé, y continue. Surtous que ça soit arivé à toi.

Pendant quelques minutes, c'est le silense.

Repose-toi, y dit enfin. Et y se lève et me lache la main.

La noirseur m'envlope et ma main se dirije machinalmant vers le coutau que je serre entre mes dois.

T'inquiete pas, dit Desmond. Je reste avec toi jusqu'au retour des autres.

Je l'entends qui dessend dans sa couche où y s'assoit.

Si t'as besoin de quoique ce soit, je suis là.

Mersi, je marmonne. Mersi de…

Pas de quoi. T'en aurais fait autant pour moi. Sacré cou de chanse que je sois venu ramplir mon panier au bon momans, pas vrai ?

Je reste allonjé pendant des eures, et au loin je persois la vibrassion de l'ecsplosion. Ça me réconforte de penser que s'en est fini de lui, fini de l'home de l'ombre.

Sale brute de Walsh avec ses tis zieux porsins et ses mains balladeuses qu'abuse de gamins quand ça lui chante. À présant, y l'est parti. Envolé en poussière, comme le charbon.

Et Saigneur, pardonez-moi, pardonez l'assassin que je suis, mais croyiez bien que j'en suis eureus.

La fois d'après quand je m'éveille, tous sont revnus de la cantine. Thomas m'a aporté de la viande et des patates, et moi qu'y pansais avoir perdu l'apétit je les angloutis en deux cous de fourchète.

Une flame vasille dans le dortoir, et tous les homes m'observent.

Que le Saigneur te sauve, Crapouille, dit Jack en s'eforsant de prendre un ton jovial. J'aurais pas cru que tu serais celui à nous débaracer de ce salopars, alor bravo, t'as fait du bon boulot. On est mieux sans lui, pas vrai ?

Les jumaus Davidson aquiessent en silense.

Skillen a l'aire calme mais au fon je vois bien qu'y l'est en furie.

Quand je pense à ce qu'y t'a fait, y dit subitment, les machoires serrées. Quand je pense qu'y l'a essayé de t'abuser, et alez savoir ce qu'y l'a fait à ce povre Tobie.

Thomas toussote et tout le monde le regarde, moi, Desmond, Skillen, Nicholson et les jumaux Davidson, muets comme toujour. Tout le dortoir sait ce que j'ai fait, et aussi ce qu'a fait Walsh. Latsu aucun doute.

Y a plus de cors, anonce Thomas. Plus pour le momens du moin, y a donc ocune réson de nous acuser. Mais je crins tout de même que nous soillons désormès concidérés comme désacsés.

Mais c'était pas notre faute, je dis. C'est la faute d'ocun de nous.

C'est comme ça, réplique Thomas.

Je sens ariver une migrène. Je touche mon visaje et sens qu'un bleu gonfle sous ma pau.

Crapouille est pas en étas de discuter de telles choses, intervient Desmond en me regardant, et Thomas vient s'assoir à mon côté.

Alonje-toi, il me dit, oublie que nous somes là. Repose-toi et on t'espliquera tout demin matin. Dacors ?

J'oche la tête.

Mersi, je dis à Desmond et y me sourit.

Et en tournant le dos à la lumiere, bersé biento par les murmures des autres, mes autres, mes amis, mon dortoir, ma famille de Gueule d'Ours, je me demande coment j'ai bien pu imaginer que Desmond était le Diable en persone.

Les autres discutent toute la nuis mais je suis tros épuisé pour écouter. Je glice dans le someye et tout conte fait je dors comme un bébé.

Je dors lontemps d'ayeurs car quand je m'éveille, tous se sont préparés pour la bouillie du matin.

Alézy, dit Thomas. On vous suit.

Y veille à refermer la planche derière eux pour m'èder à me chanjer. J'ai mal partous et suis tout colant de mes manstrues, mais je sègne moins qu'avant ce qu'est déjà une bone chose. D'après Thomas c'est mon dernier jour de manstrues, et je suis pas mécontant de ça.

Thomas m'esplique que tout le monde au dortoir gardera mon secret de ce qu'est arivé à Walsh, et je croise les dois en espérant qu'y dit vrai. Les autres sont ma famille, mais les familles parfois ont des désacors. Thomas dit qu'y zont tous juré et que j'ai pas de soussi à me faire.

Ça va ? demande Thomas une fois que je suis propre et vétu, et j'oche la tête. Y me prend dans ses bras. T'es un enfant courajeus. Je suis fier de toi, Crapouille. Tu as en toi une étinselle qu'egzsiste chez persone d'autre, tu comprends ?

Je comprends pas vraimens mais j'oche encor la tête.

Bien, y dit en me tapotant doussment la joue.

Coment tu conais otant de choses sur les manstrues ? je demande.

Thomas détourne les zieux.

J'avais une grande seur.

Je savais pas.

On était proches elle et moi.

Y s'intéront brièvmant, perdu dans ses pensées.

C'était une autre vie, conclut-il.

On reste là en silense.

Bien, t'es prêt, Crapouille ? y demande enfin.

Je fais oui de la tête et nous prenons le chmin de la cantine.

A NOTRE ARIVÉE, M. Sharp est en grande conversassion avec les homes de Walsh. Dès qu'y nous voit, y se dirije vers nous.

Walsh, vous l'avez vu quelque pars ?

Je secoue ma tête et dis : Pas depuis hier à la cantine.

Ma voie dicimule parfètment mon mensonje.

Pas vu depuis hier non pus, ranchérit Thomas. D'ayeurs maintnant que j'y pense, y l'était pas non plus au lac après le travaye. Y l'aurait chanjé de roulmant ?

M. Sharp paret faché. Nan, y l'a pas chanjé de roulmant. Y l'a disparu purment et simplement.

M. Sharp scrute le bleu sur mon visaje.

Un acsidant, j'esplique. Un manque d'attansion en poussant mon wagonet, je précize, et M. Sharp claque sa langue d'agassmant.

Y se tourne vers Jack et les autres. Vous, zavez vu Walsh depuis hier ?

Y secouent la tête et disent nan.

On est tous de bons manteurs, je peux le pas niller. Au fons, je me sens même plutos fièr.

M. Sharp fait le tour des tables en demandant si quequ'un a vu Walsh mais persone l'a vu.

Un des homes de Walsh vient nous voir, je conais pas son non.

Zêtes certins d'avoir rien vu ? y nous intéroje.

Évidamant qu'on est certins, grogne Jack. On est pas des manteurs que je sache. La dernière fois que je l'ai vu, c'était ici même, dans cette cantine. Y manjait avec vous autres. Alor si je m'abuse, zêtes les derniers à l'avoir vu. En toute lojique, ce serait plutos à nous de vous questioner.

Skillen sourit et aquiesse.

Alor zêtes certins, vous, d'avoir rien vu ? demande Skillen à l'home de Walsh, et celui-ci bat en retrète ver sa table.

Thomas me donne une ptite tape dans le dos. Manje ta bouillie Crapouille, y dit. Ça te fera du bien.

Desmond manje son bol qu'à moitié pis me tend le reste.

Sur ? je demande et y l'hoche la tête. Alor j'avale la fin de sa bouillie jusqua la dernière goute jusqua lécher le fons.

J'observe un par un les visajes des gars de mon dortoir – Thomas l'érudis, Jack l'anfoiré, Skillen le dur à cuir, les jumaux Will et Joe aux visajes casi-dantiques et muès comme des carpes, Nicholson la montagne de muscles, et Desmond avec son charme et sa jentillesse. Et enfin l'ansienne place de Tobie et mon queur se sère comme jamais.

Ces gars-là sont ma famille. Y sont tout pour moi.

Quand on part travayer je tends la main et serre fors celle de Desmond.

Mersi pour la bouillie, je dis et y me souris. On se sère les mains avant de se lacher.

Ce matin je travaye dur, mes bleus sont douloureus mais je continue de trimer en me mordans la lèvre, le cervau en ébulission. C'est pas fini. Nos actes auront des consécances. Mes actes. J'en métrais ma main au feu.

Pour la leçon d'orthographe, Thomas et Desmond s'assoient de parté d'autre de moi.

Qu'esse-qu'y faut faire Thomas ? je lui demande. Y lessera pas tomber… Le Maître, je veux dire. Au sujet de la mors de Walsh. Y zétaient de meche à l'évidense.

Soudin Desmond intervient :

Et si c'était pas que nous ? D'autres à Gueule d'Ours essayent ptêtre de se révolter aussi ? Des gars comme Rickerbee. Si ça se trouve, le Maître se soussie moins de nous qu'on le pense.

On doit être prudants, dit Thomas. Gardons la tête bessée et tout ira bien.

Je croise le regars de Desmond et vois qu'y pense comme moi. Tout ira pas bien. Évidamant.

La pitanse suivante nous donne réson. M. Sharp vient nous voir.

Y l'anonse que moi et tous les gars du dortoir alons chanjer de poste, et dès demin. Nous serons déplacés ayeurs dans la mine pour travayer sur des vaines plus éloiniées. Sur ordre du Maître. On est estampillés désacsés. Egzactemant ce qu'on crainiait.

Pourquoi ? demande Thomas et M. Sharp ausse les épôles.

Le Maître veut élarjir notre étaje. Y lestime que zêtes les meilleurs pour acomplir cette tache.

Vraimens ? gronde Jack. Les meilleurs, et pourtant on nous déplace plus loin des rayes, là où l'est plus difisile de ganier sa croute ?

M. Sharp ausse encor les époles et répons : C'est un onneur d'ouvrir une nouvèle partie de la mine. Vous devriez en être eureus.

Jack gronde comme un chien. M. Sharp comprend qu'y l'est temps pour lui de partir.

Je repense à ce qu'a dit Desmond. Et si c'était pas que nous, à poser des questions, à sonjer à nous révolter ? Je fouye la cantine du regars, observe ces visajes et ces homes qui manjent leur viande et leurs patates. Certins partajent forsément nos pensées. Qui sont les autres désacsés ?

Mais je remarque aussi que ces visajes se ressamblent. Ternes et fatigués. On peut pas toujour déchifrer un visaje comme un livre.

De retour au dortoir, nous somes désespérés.

Jack dit : Au moins on est débracés de Walsh, c'est déjà ça. La lueur de sa chandèle danse sur son visaje.

Mais notre salère va diminuer, rapèle Skillen et Nicholson aquiesse.

Tous me regardent.

C'est pas la faute de Crapouille, déclare Desmond fermemant.

Nan, c'est pas sa faute, renchérit Thomas mais persone d'autre aquiesse.

Nous restons ainsi en silense.

Combien de gars sont mors ici ? je demande enfin, pensant à voie aute. On a perdu Gambles, Harrison et Tobie.

Et avant ça, Ellison et Harris et Carter, ajoute Skillen.

Et Quinn et Buddle, complète Jack, pour ceux qui s'en souviennent. Smith, Bell et d'autres encor.

Sans oublier les sète qu'ont été tués dans l'ecsplosion, dit Thomas.

Et tous les gamins qu'ont glicé, je rappèle.

Rien que l'anée dernière, c'est pas loin de trante mors, conclut Thomas.

Mineur est un métié danjereus, admet Jack. Depuis toujour. C'est comme ça et c'est tout. Nous ecspions les fautes de nos ayeux, comme dit la prière.

Pourtant M. Johnson, lui, y l'ecspie pas granchose, je fais remarquer. Y samble plutos tirer profi de nous tous. Sans conter qu'y l'ouvre nos lettres, y nous espione – d'ayeurs qui sait s'y l'anvoit vraimens l'argent à nos familles ? Coment être sur qu'y garde pas tout pour lui ? Quelle preuve avons-nous, hin ?

Quelle preuve avons-nous de l'egzistance du Saigneur ? rétorque Jack. C'est ainsi, Crapouille. C'est ainsi et c'est tout.

Mais pourquoi ? Pourquoi acsepter les choses telles quelle sont ? Pourquoi pas essayer de les chanjer ?

On a pas le pouvoir de chanjer les choses, assure Skillen. Thomas a bien essayé d'obtenir des ogmantassions et ça a pas marché pas malgré toute son érudission.

Nous somes nombreus, je fais remarquer. Regardez un peu la cantine et contez les visajes. Sans parler des autres étajes. Encor plus de visajes, encor plus d'homes.

Sauf qu'on a pas le drois de leur parler. Je te rapèle que les rassamblemants sont interdis au-delà de l'éfectif du foiller, soit une douzène d'homes. Pas plus.

Mais à la cantine on se rassamble, pas vrai ? Et dans la Galerie du Saigneur. Les travayeurs au complès. Tous ceux de la mine.

Qu'esse tu souzentends, Crapouille ? demande Nicholson en me regardant du coin de l'euye.

Somes-nous tous traités pareille ? je questione. Aux étajes supérieurs où l'aire est plus frais, les homes sont moins dévétus, alor sont-ils mieux péyés ? Manjent-ils comme nous ? Et où sont leurs réfectoires car, une chose est sertène, y tiennent pas dans le notre.

J'avale ma salive avant de demander : Y a-t-il pluzieurs Galeries du Saigneur ?

Nan, Crapouille, nan, proteste Jack fermemant. Nan. Toutes ces questions, c'est pas bon. Ça mène nulpars, tous ces mots, ces discussions et le reste.

J'ai pas tué Walsh a cous de mots ou de forse, je réplique. Mais à cous d'intelijanse.

Et grasse à toi on en est tous punis pas vrai ? rétorque Jack. Je dis pas que c'est ta faute, Crapouille, car c'est moi qui l'avais énervé ce salopars, je le nie pas. Mais à présant nous devons travayer deux fois plus dur pour que les choses redviennent comme avant, et plus être estampillés désacsés.

Will et Joe aquiessent en silense, Skillen aussi.

Nicholson m'observe.

Qu'esse-tu sugjères, Crapouille ? y demande. Tu veus qu'on se bate avec nos mandrins ? Qu'on face sauter la mine ?

Tout ce que je veux, c'est un trètemant équitable, je répons. Pour tous. C'est pas demander la lune, si ?

La Saigneur a parlé, afirme Jack. Nous somes des désacsés en chatimans de ce qu'est arivé à Walsh et devons ecspier nos fautes par notre travaye. Le sujet est claus. À présant, prions. *D'abord y eut le Saigneur qui nous créa à son imaje.*

Les autres lui unicent leurs voies. *Y créa tous les homes et toutes les fammes, y créa toutes les créatures sur Terre.*

Je ferme les zieux et quand je les rouvre, je constate que Desmond récite pas non plus la prière. Y me regarde, la mine grave jusqu'amen, et puis Thomas soufle la boujie.

DESMOND CROIT PAS AU SAIGNEUR. J'en suis certin.

Et moi non plus j'y crois plus telment.

Mais j'ai peur de le dire tout haut alor je dis rien. Persone peut lire mes pensées et pourtant, elles pèsent bien lours.

A LA PITANSE, j'ai l'imprecion qu'on nous sert moins de bouillie que dabitude et je me doute de la réson : c'est passeque nous somes vus comme désacsés, bien que persone ose le dire.

Nous manjons en silense.

Ensuite Desmond et moi on dessend avec Jack et Skillen à notre nouveau lieu de travaye.

Y chantent en marchant et on les écoute. C'est la première fois que j'entends clerment les parolles.

Tape, tape, gayard, pis tands l'oreille,
Écoute la roche qui travaye
Plus d'un collègue s'est en alé
Faute d'avoir bien écouté
Mon paternel disait toujour
Prélever plutôt que creuser
Car le charbon doit être amadoué
Jamais batu ni rudoyé
Les chefs arpantent les boillots
Les hercheurs ramplissent les paniers

Et l'home de la roche doit rester à sa place
Comme une mère reste auprès de son maume.

L'home de la roche doit rester à sa place ? s'esclame Desmond. C'est ça qu'y pense, Jack ?

Y l'a ptêtre pas tors, je répons.

Tu crois vraimens ? y l'insiste.

Je sais pas. Vrai de vrai, je sais plus ce que je crois, ces temps ci.

Soudin y m'agripe le bras et mumure :

Crapouille, y faut que je me sorte d'ici. Je suporte plus ces bafons. J'ai l'imprecion de travayer en enfer. Cette noirseur, la fain sans arrêt, et la fatigue si pesante que chaque matin je m'arache de ma couche. On devrait pas vivre ici. C'est anormal. Les umins sont pas nés pour vivre souterre comme des taupes. Nous somes fais pour le soleille, l'erbe verte et le siel bleu.

C'est juste, j'admets. Mais on peut pas partir comme ça, rien que la kage coute trente sous pour remonter à la surfasse, or je suis loin d'avoir une telle fortune. Et ensuite ? Que faire ? Retourner oprès de M'man pour vivre dans une seule pièce sans payer ma part ?

Y l'egziste forsémant une solussion, dit Desmond.

Ptêtre, mais c'est à nous de la trouver.

Oui et vite, y l'aquiesse en me regardant drois dans les zieux. Avant que je devienne fou.

Et avant que je devienne une famme, je pense. Mais cette réflecsion, je la garde pour moi.

Dans cette partie de la mine, le travaye est plus dur. C'est plus loin, plus lons de remonter le charbon jusqu'en haut du tunel. Cette partie de la mine est dépourvue de rayes, et le sol est tros irégulié pour les ponets, alor nous devons tout faire nous même. J'ai jamais été si esténué.

Et pis nous devons trouver un autre androis pour nos leçons d'orthographe car l'ansien lieu est tros loin.

Je déplie mon papier pour manjer mon casse-croute et vois qu'y l'est bordé de moizi, des coins tout verts comme de la poussière. Thomas dit que c'est movais pour le cors de manjer du moizi, alor je griniote otour comme une souris.

Je confie à Thomas et Desmond : J'ai peur qu'y reviène et me saute dessu par derière. Walsh. Et j'ai peur qu'y se repasse la même chose avec un autre home. Peur de ce qui va me tomber dessu. Mais j'ai pris conssiance d'une nouvèle chose : depuis toujour je vis dans la peur. Même si c'est la volonté du

Saigneur, même si c'est ainsi et c'est tout, comme dit Jack… tous ces mors, c'est pas normal. On devrait pas vivre chaque jour dans la peur.

Je réfléchis et reprends : Tu sais, Desmond, quand t'as dit y sufit d'une persone pour comenser une révolusion, et ben c'est faus. Pour comenser une révolusion, y faut toute une armée, une foule de persones. Nous somes que trois. Et si on arive même pas à convincre Jack, c'est qu'on a ocune chanse de convincre quiconc.

Sois pas défétiste, dit Thomas. Sertes on est pas une armée, mais on a d'autres atous.

Lesquels ? je demande. Quels atous ?

Y regarde ses mains et dit : On a des mains. Et un cervau. On a des mandrins pour travayer. Et on a mieux encor… y l'ajoute avec un sourire. Et il brandit un baton de dinamite.

ÇA ALOR, EN PLUS D'ÊTRE ERUDIS, Thomas est un sacré filou, et pour ça je l'aime encor plus.

Voilà un momens qu'y dérobe de la dinamite, des maiches aussi, et qu'y les cache sous la couche d'Harrison, entre son ansien matla et le somier. Juste un baton, quand y l'en a l'ocasion mais à la longue, ça fait une belle rézerve.

La dinamite est une matière délicate, y dit. Qu'y doit être resspectée.

Y nous esplique coment l'utiliser. Dabors on fore un trou avec une chiniole puis on glice très prudament le baton dedans, on lance la charje et on court se mettre à l'abris en atandant le boum.

Mais bien sur, c'est pas si simple. Y a plein d'autres choses à prendre en conte tels que la nature de la roche, l'endroit où on creuse le trou, la longueur de la maiche. Y faut conaitre tout ça sur le bous de dois et avoir une ecspérianse que moi et Desmond avons pas.

Thomas nous demande de prometre qu'on touchera pas à sa dinamite, qu'on l'utilisera pas et en parlerons à persone. C'est notre secrait à tous les trois, faut garder ça pour nous.

N'ampêche que je trouve très réconfortans de savoir qu'en cas de besoin, on a des munissions. Comme pour le coutau qu'est encor dans ma poche. Je me sens un peu protéjé de l'avoir sur moi. Au cas où y surjirait d'autres Walsh.

A LA CANTINE, nous somes épuisés mais nous remarquons une chose nouvèle. Un grand tablau noir cloué au mur. En haut, à la craie blanche, y l'est écrit : Ce que vos effors ont produit, et dessou y a deux traits, des colones comme les apèle Thomas. Celle de gauche est intitulée : Semène dernière, et celle de droite : Cette semène, et des nombres y sont inscris à la craie blanche : la quantité de charbon qu'on a récolté en tones.

Quand nous somes atablés, M. Sharp fait son entrée et donne un puissant cou de siflet. Tout le monde arête de manjer et le regarde.

Vous avez certènment remarqué le nouveau tablau installé sur ordre du Maître, y déclare. Ce tablau doit vous permètre de voir votre producsion. Car la productivité de la mine a bessé, y continue. Et c'est bon pour persone car besse de productivité sinifie besse de salères pisque nous avons moins de charbon à vendre.

Y renifle et j'ai jamais vu un home qu'y renifle tant.

Le Maître veut vous montrer ce que vous produisez, y continue. Cette semène doit être meilleure que la dernière, la prochène meilleure que celle-ci, vous comprenez ?

Je parcours la salle du regars et observe les places vides. Tobie. Walsh. Ni l'un ni l'autre ont été remplassés. Je regarde plus loin et vois d'autres places vides. Eux non plus ont pas été ramplassés. C'est donc que M. Sharp egzije l'impossibe, car coment demander à des homes de produire plus avec moins de mindeuvre ?

Persone fait de remarque sur le tablau mais c'est clere qu'y plet pas à grand monde. D'ayeurs M. Sharp le sait et y l'anonce : Ceux qu'abatront le plus de charbon recevront une prime. Et l'ambianse chanje aussitos.

C'est pas tout, y l'ajoute encor, les jours de paye, la meilleure équipe aura sa bière gratis. Et à volonté.

Cette fois c'est une aclamassion qu'y s'élève, et tout le monde tape sur les tables. M. Sharp observe la salle l'aire satisfet. Je croise son regars et y fait que sourire.

Je voudrais me lever et dire c'est une escrocrie, mais persone va écouter un gamin. Je voudrais espliquer aux autres que notre tache va être plus dure car, à notre nouveau poste, y l'est impossibe d'abatre plus de charbon, la vaine est tros longue et nous somes tros éloiniés. Y aura pas pas une goute de bière gratis pour les homes de mon dortoir.

Alor je vois que Nicholson me scrute depuis l'autre bout, et je sais qu'y pense la même chose que moi. Je me sans malalèse. Car c'est ainsi qu'on se débarace du plus désacsé de tous les désacsés : en l'écartant du groupe, en le lessant sans amis, en s'assurant que ses coéquipiers lui tournent le dos.

PARLER À JACK ET AUX AUTRES EST IMPOSSIBE. Y sont persuadés qu'y a qu'une chose à faire, travayer aussi dur qu'on peut. Y pensent que c'est le seul moyen de se libérer de notre étiquète de désacsés, mais moi j'en suis pas si sur.

Cette nuis-là, je veille tars car mes pensées bouyonnent encor et encor. Et soudin, ça me frape. Brusquemant. Une idée. Comme une lumiere qui s'alume dans mon cervau, aussi brillante que l'ectrissité. C'est risqué comme idée, et je pourai pas l'entreprendre seul, mais c'est une bone idée, aucun doute latsu. Sauf qu'y me faudra être prudant car mon plan en choquera plus d'un, alor je dois bien réfléchir avant de la partajer avec quiconc, même Thomas et Desmond.

Mon someye une fois de plus est peuplé de cauchmars où Walsh m'atrape dans le noir et balade ses mains sur moi. Je m'éveille en sursot avec le queur qui galope. Je mets lontemps à me randormir mais au matin, ma dessision est prise.

J'ai déjoué Walsh par mon intelijanse, alor je dois donc continuer à l'utiliser à d'autres fins.

COMME TOUJOUR APRÈS LE TRAVAYE, nous alons aux pompes mais depuis mes manstrues je fais dabors un crochet par le dortoir pour vérifier qu'elles sont pas revnues. D'après Thomas, les manstrues parfois sont imprévisibes alor deux précaussions valent mieux qu'une.

Quand j'arive au dortoir, je trouve la planche à dmi fermée, alor je jette un cous d'euye et apersois Nicholson qui fouraje parmi les couches. Toutsuite, je pense à la dinamite de Thomas cachée sous l'ansien matla d'Harrison, alor j'antre, la main sur mon coutau.

Qu'esse-tu fais Nicholson ? je tone fermemant.

Y se redresse, pris en flagrans déli et sachant pas d'où vient la voie.

Qu'esse-tu fais ? je répette.

Alor y me voit et répons : J'avais oublié quelque chose.

Oublié quoi ?

Y sait pas tros ce que j'ai vu et cherche quoi dire.

Je reprens : Oublié quelque chose sous le lit d'Harrison, ptêtre ? je demande et brandis mon coutau. Gaffe à toi Nicholson, j'ésiterai pas à l'utiliser, je previens bien qu'en vrai je ne suporterais jamais un autre combas.

Le visaje de Nicholson se décompose comme du charbon de movaise qualité.

Je veux pas d'ennuis, y l'assure. Je veux pas d'ennuis. Y lève les mains comme s'y se rendait.

Tu nous espiones, c'est ça ? j'insiste en le menassant avec ma lame.

Y s'assoit sur la couche de Tobie et se prend la tête dans ses mains.

Je voulais pas, Crapouille. Mais c'est dur de joindre les deux bous, et y m'a proposé dix sous de plus chaque semène si j'acseptais.

Qui ? je questione mais bien sur je conais déjà la réponce.

M. Sharp, y lache en reniflans. Je voulais pas, Crapouille, je sais que c'est mal, je le sais, mais je veux pas être un désacsé, j'ai rien fait de mal.

Depuis combien de temps tu nous espiones ?

Depuis la disparission de Walsh.

Au moins tu leur as pas parlé de ça.

Je suis pas un movais bougre, Crapouille. Pas comme Walsh qui était nuisible, et t'as bien fait de léliminer. J'ai promis de rien raconter et je racontrai rien.

Ptêtre, je dis, le coutau toujour pointé vers lui. Ou bien t'as eu peur que tout raconter te mette en cause toi aussi. Ou qu'en balansant tout le dortoir tu te retrouves izolé. Après une chose pareille, persone voudrait plus travayer avec toi. Persone te ferait confianse.

C'est pas ça, je le jure Crapouille. Je suis pas un movais bougre. Je tiens parolle. Toujour.

Alor tu vas le prouver.

Coment ?

En invantant des choses fausses et en les raportant à M. Sharp.

Mentir ? C'est ça que tu veux dire ?

Évidament. T'auras ton argent et les autres en sauront rien.

Mais qu'esse que je peux bien raconter ? Mentir est un pecher, c'est le Saigneur qu'y le dit.

Un mensonje peut être la vérité, si on le regarde sous un autre angle. Jack veut revnir à son ansien travaye pas vrai, comme nous tous qui somes pas des désacsés. Alor dis à M. Sharp que le plan du Maître a marché, qu'après encor une semène à être trétés comme des désacsés, nos pensées impies seront broillées pour de bon. Ainsi tu récupères tes sous, et nan j'en veux pas, j'ajoute. Tu peux tout garder pour toi.

Et tu diras rien à persone ?

Rien, j'assure. Promis. Mais à moi aussi il faut promettre quelque chose. Pisque soidisant tu tiens toujour parolle.

Tout ce que tu veux, Crapouille.

Si jamais tu nous espionnes à nouveau, si tu nous mens, à nous, tes seuls amis dans ce trou, je racontrai tout aux autres. Et là, t'auras pas que moi à te soussier.

Dacors, y dit.

Pus d'espionaje, jamais, j'insiste. Jure-le et sère ma main.

Tu peux besser ton coutau dabors ? y demande.

Nan. Une fois l'affère conclue.

Y s'avance à pas lants, pis tands sa main après avoir craché dedans.

Vas-y, j'insiste.

Et y me sère la main en prononsant : Je le jure.

Rendez vous à la cantine, je conclus en lachant ses dois et y l'hoche la tête et s'éloigne vite vers la sortie.

Quand y franchis la planche, y se retourne et me dit : T'as chanjé, Crapouille. T'as chanjé pas vrai ?

J'ai grandi, voilà tout. Je suis plus un bébé.

Y l'aquiesse et s'en va.

Je m'assois sur ma couche, le queur galopant dans ma poitrine et je pouce un lons soupir de soulajment.

Tu t'en es bien sorti, Crapouille, je me félissite moi-même. Très bien sorti.

Car si M. Sharp et M. Johnson font tourner cette mine à cous de manipulassions, je dois pouvoir en faire autans pisque j'ai plus de la moitié d'un cervau.

Quand je reprends mes espris, je vérifie sous la couche d'Harrison que la dinamite s'y trouve toujour et c'est bien le cas, dissimulée entre les vieus ressors. Je conte trois batons. Nicholson y reviendra sans doute pas mais par précaussion, je les déplase. Avec la pointe de mon coutau, je creuse un trou dans le matla de Tobie et enfonse les batons dedans.

Ici, persone les trouvera, je pense.

C'est une ptite victoire, Crapouille, je me dis en souriant. Mais une victoire quand même.

C'EST PAS QU'UNE IMPRECION. Y l'est bien clair que nos rassions sont réduites. Les porsions de viande et les patates plus ptites. Je jete un euye à Nicholson et y me ficse en retour.

Ça poura pas durer éternelmant, pas vrai ? je fais remarquer d'un ton faussment joilleus. On travaye du plus dur qu'on peut, alor M. Sharp va pas tarder à nous rendre nos ansiens postes. Forsémant.

Forsémant, répette Nicholson en continuant de me scruter. Y va pas tarder.

Jack et Skillen aquiessent mais Desmond me regarde bizarment.

Qu'esse-tu fais, Crapouille ? y me soufle sur le chmin du dortoir.

Rien rien, je dis. Rien du tout.

THOMAS, TU CROIS AU SAIGNEUR, je lui demande pendant la leçon d'othgraphe.

Hin ? y répons comme si l'en croillait pas ses oreilles.

Tu crois au Saigneur ?

Évidamant. On croit y tous, nan ?

Oui. Mais esse-que t'y crois vraimens ?

Thomas reste silansieux.

Moi j'y crois pas, afirme Desmond après quelques segondes.

Thomas secoue sa tête en signe de désaprobassion.

Pourquoi t'y crois pas ? je demande.

Passque mon père m'a apris que tout le monde croit pas à la même chose, y l'esplique. Qu'y l'egziste d'autres dieus, d'autres croyanses. Étranje, hin ?

D'autres dieus ? je répette et Desmond hoche la tête.

D'autres dieus. Comme y l'egziste d'autres istoires que celles de Thomas et toi vous inventez.

Sertes, intervient Thomas, seulment les istoires sont pas vraies.

Mais toi, Thomas, le Saigneur, t'y crois vraimens ? je demande une fois de plus, et y l'aquiesse.

C'est même ma seule sertitude, y déclare. Le Saigneur est avec nous en tout temps et partous.

Tu le penses sincerment ? j'insiste.

Je l'espaire sincerment, y nuanse. C'est le mieux qu'on puisse faire, pas vrai ?

Sa réponce est pas toutafais complète, mais l'est sufisante pour savoir qu'y poura pas partissiper à mon plan. Ce sera que Desmond et moi.

Après la leçon, nous rejoinions le tunel prinsipal à la lueur de la chandèle de Desmond qu'a toujour pas surmonté sa peur du noir. Nous avons été relégués à une partie telment reculée de la mine que c'est l'endrois idéal pour discuter. J'atrape Desmond par le bras.

Quoi ? y dit en se retournant et je pose mon dois sur ses lèvres.

Le Saigneur, je chuchotte. Un jour, dit-on, y nous enverra un signe, alor nous serons pardonés et nous remonterons à la surfasse. Les parolles de la prière.

Et ? dit Desmond. Et donc ?

Si le Saigneur egziste pas, y aura jamais de signe, pas vrai ?

Oui.

Alor si y a pas de signe, autans en envoiller un nous-mêmes, nan ?

Ses zieux s'écarquillent à mesure que l'idée s'enracine dans son cervau.

Tu veux dire… ?

Oui, je confirme. Et j'ai réfléchi coment faire. Mais avant toute chose, j'ai besoin de savoir que t'es digne de confianse.

Y prend unaire péné. Évidamant qu'oui, Crapouille. Je peux pas croire que tu poses la question.

Je lui souris.

J'avais seulment besoin de l'entendre. Mais atension : interdicsion d'en parler à quiconc, compris ? Même pas à Thomas.

Y l'aquiesse.

Jure-le, je dis, et y fait encor oui de la tête. Y faut que tu dises à aute voie.

Y l'obéit. Je le jure, y dit en levant la main. À présant esplique-moi Crapouille-le-vaillant. C'est quoi ton plan ?

Je tapote mon né et cligne d'un euye.

En temps voulu, j'assure. Tu sauras en temps voulu.

Sur le chmin du retour, j'apersois un ptit amas de liquène ver-doré. Coment une plante peut survivre dans ces bafons, cela me dépasse, mais que je la caresse pour me porter chanse. Je sens sa douseur sous mes dois et, plus que jamais, je sens nètre en moi un espoir.

A LA CANTINE nous manjons notre viande et nos patates aussi lantemant qu'on peut pour faire durer nos mizérables rassions.

Nous somes tros épuisés pour parler et je prends consianse que voilà un autre intéret pour M. Sharp et le Maître de désigner des homes comme désacsés : à forse de travayer, y zont plus l'énerjie de comploter ou même de discuter après leur servisse. C'est ce que je dis aux autres de mon dortoir et Nicholson hoche la tête.

Demin est le Jour du Saigneur, déclare Thomas. Nous devons prier pour plus être considérés comme désacsés bien lontemps.

Amen, aprouve Jack. Amen.

Quand à moi je dis rien.

Le lendmain, en montant à la Galerie du Saigneur je conte sur mes dois, non pas les étajes mais le nombre de gardes.

Pendans la prière du Saigneur, ma bouche s'ouvre et se ferme comme une ptite trape, mais les mots qu'en sortent veulent plus rien dire.

J'ai demandé au Saigneur de m'envoiller un signe mais rien n'est arivé.

Je lui ai demandé de se montrer. De m'écouter.

Je lui ai demandé coment y avait pu lesser Walsh faire une chose pareye à Tobie.

Je lui ai demandé pourquoi atandre une meilleure vie dans l'autre monde, alor qu'on pourait très bien vivre eureus ici même.

Je lui ai demandé tant de choses sans jamais rien voir ariver.

J'ai atandu son chatimant, d'être modit d'avoir tué un home mais rien est arivé.

Je plisse les popiaires et lève les zieux vers le Saigneur qu'y nous observe, mais je vois rien que de la roche.

Saigneur pardonnez-moi.

J'ai des pensées impies, ça oui.

Saigneur, èdez-moi, je soufle.

Mais les mots sont que des lettres, comme réssiter l'alfabet de A à Z. Ce sont rien que des mots, des mots, des mots.

Le lendmain, Thomas m'atrape par les épôles quand j'arive à la leçon et me secoue comme un prunier. Desmond pose une main sur lui pour qu'y cesse.

Quoi ? je demande à Thomas et y lache prise.

À qui t'a parlé de la dinamite, hin ? y soufle, la raje montant en lui. Ou bien c'est toi qu'a parlé ? y demande à Desmond.

Je l'ai boujée, je répons. Je l'ai déplassée de la couche d'Harrison à celle de Tobie. Persone ira regarder là.

Saigneur protéjez-nous, s'ecsclame Thomas. Mais enfin pourquoi, Crapouille ? Pourquoi la déplacer ?

Alor je me trouve fasse au dilème de balanser Nicholson ou mentir. Mais un mensonje de plus, quesse-que c'est dans le fons ?

Je l'ai déplassée par crinte des espions, j'esplique. Le Maître m'a ofert de l'argent pour vous épiller, alor y l'a pu en faire autans avec quelqun autre, nan ?

T'aurais dû me demander, gronde Thomas.

Pardon, je dis de la plus ptite voie que je peux et y l'aquiesse.

J'ai cru qu'on m'avait découvert, y dit. J'ai cru qu'on était cuis.

Pardon, Thomas, je répette. Je voulais nous protéjer. Tous.

Dacors, dacors. C'est rien. Mais refais jamais ça, compris ?

J'oche la tête. Bien sur. Et pardon.

Y m'ébourife les cheveus. C'est rien Crapouille, t'inquiete pas. Mais tu dois aprendre à demander la permicion. Car si on peut plus se faire confianse dans le dortoir, sur qui on poura conter, hin ?

J'oche la tête et dis : Je sais. En me rapelant qu'on est pas pacés loin d'être dénonsés par Nicholson et qu'en vrai, on peut faire confianse à persone.

Mais malgré sa foi aveugle en le Saigneur, Thomas est aussi l'home le plus érudis que je conaisse et je ressans le besoin de lui demander ce qu'y pense de notre plan d'envoiller nous-mêmes un signe de la pars du Saigneur.

Je lute et résiste contre ce besoin mais je peux pas m'en ampêcher. Alor j'esplique tout à Thomas dès que nous somes plus que tous les trois, Desmond, lui et moi.

Thomas est pas fâché. Bien pire. Y l'est déssu.

C'est impie, y dit d'unaire sombre, et c'est terible. Le Saigneur conait vos pensées. Si vous vous faites prendre ou parlez de ce plan à quiconc, vous serez gravment chatiés. Saigneur protéjez-nous ! Enfin que vous est-il pacé par la tête ? y demande avec des zieux tristes. Et coment vous contiez fabriquer un signe ?

Avec de la dinamite, ptêtre, je soufle en baissant le regars. Un boum, ou une ecsplosion.

Vous seriez tués ! s'emporte Thomas. Et tout ça pourquoi ?

Pour permètre aux homes de sortir de ce trou et qu'y vivent libres, réplique Desmond.

C'est impie, répette Thomas.

Nan, c'est un moillin de s'en sortir, je proteste. Et pis, toi, pourquoi tu mettais de la dinamite de coté ?

Moi, c'est autre chose, rétorque Thomas. C'est en cas d'urjance, au cas où on a besoin de se défandre.

Justemant, notre plan est un plan de défanse, je fais remarquer. Precizémant.

Thomas secoue la tête et dit : seulment en cas d'ultime recour, Crapouille. Quand y a plus rien à dire et toute discussion impossibe.

Discuter t'a pas mené loin avec le Maître, je murmure mais Thomas est pas dacors.

Je vais récupérer la dinamite et la cacher ayeurs, y conclut.

Nan, je dis, je jure de pas la prendre sans ta permicion, c'est même pour ça que je t'ai parlé du plan. Passeque pour ajir, j'ai besoin de ta bénédicsion.

Désolé, tu ne l'auras pas, Crapouille, y dit. Pardon, mais tu vas tros loin sans bien savoir ce que tu fais. Je vais cacher la dinamite, y répette. Ayeurs.

QUAND DESMOND ET MOI on se retrouve seuls sur le chmin du dortoir, y l'est faché que j'aie parlé à Thomas du signe.

J'avais besoin de sa bénédicsion, j'esplique. Rien de plus. Y veut pas qu'on le face, c'est son avis, ça veut pas dire qu'on va pas ajir. J'aurais aimé qu'y nous ède, voilà tout. De toute fasson, y faut passianter car on trouvera l'énerjie de monter notre plan qu'une fois avoir repris notre ansien poste. D'ici là on aura ptêtre imaginé un autre plan.

Et si on retrouve jamais notre ansien poste ? questione Desmond.

Pus qu'une semène, j'assure en sonjant à Nicholson. Et sinon on passera quand même à l'acsion.

Y a même pas une semène à passianter. Dès le landemin, mardi, après le travaye, M. Sharp anonse qu'on reprendra notre ansien poste dès lindi.

Vous produizez pas les quantités voulues par le Maître au bou de la vaine alor on vous on réafaicte, y prétand en reniflans. Finalment, le Maître a déssidé de fermer cette partie de la mine. À présant y lui samble bien clère qu'y a plus guère de charbon dans ces bafons.

Et voilà. Quelques mots de M. Sharp, et nous somes absous.

Pus que quatre jours, soufle Jack. Quatre jours, pis le Jour du Saigneur et tout rantrera dans l'ordre. Tu vois, Crapouille, le dur labeur est toujour récompansé. Pour toi aussi, Desmond, c'est une bone leçon avec tes idées biscornues. Vois-tu ce que c'est d'être à nouveau estimés ? D'avoir travayé pour nous corrijer ?

Desmond hoche la tête comme s'y l'écoutait et dit :

Bien sur, Jack. Toi qu'est ici depuis lontemps, t'as plus d'ecspérianse que nous autres.

Y croise mon regars et me sourit et je sens une chaleur qu'y m'anvaït.

Lindi sera un nouveau dépars, conclut Desmond et j'aquiesse.

Un nouveau dépars.

C'EST NOTRE DERNIER JOUR DE DÉSACSÉS que survient l'acsidant. L'ecsplozion fait vibrer tous mes zaux et ceux de Jack. Tout le plafons de la mine tremble audessu de nos têtes, et des bous de roche nous tombent dessu. Nous nous acroupissons très bas en nous tenans la tête jusqua ce que ça cesse.

Saigneur sauvez-nous, marmone Jack. C'était quoi ça ?

Mais je répons pas, je me suis déjà élansé dans le tunel. Car Thomas et Nicholson ont pas prévu d'ecsplozion ce matin, j'en suis certin.

Je sais pas egsactement où y se trouvent alor je m'arête pour reprendre mon soufle et vois des flames qui dansent, dansent au loin dans le boillot de gauche, et j'entends Nicholson qu'apèle alède.

Alède alède ! y crie et de plus en plus fors, jusqua ce que je le voie acourant vers moi, les zieux blans écarquillés et du sang qui coule sur sa joue noire.

Un brancars ! Y faut un brancars, y dit. C'est Thomas, Crapouille, c'est Thomas.

J'écoute pas une segonde de plus, je le bouscule et devale le tunel en direcsion de l'ecsplosion.

Je rancontre un mur de charbon et y a une ptite flame qui danse, danse sur la paroi. Alor je l'apersois, cloué au sol, broillé par une poutre au nivau de la taille, le bacin et les jambes écrazés sous les rochers.

Thomas, je murmure. Thomas.

Je cours vers lui, m'acroupis et écoute en silense mais son soufle est tout sacadé et je vois qu'y l'a du mal à parler.

Thomas, je dis. Tout va bien. Nicholson est parti chercher un brancars, y va revnir en un rien de temps avec de l'ède aussi…

Y me lesse pas finir.

Crapouille, y soufle, la voix éraillée, Crapouille écoute. C'est importans.

J'écoute, je dis. J'écoute, Thomas.

Je vais pas m'en sortir.

Je lui sère la main. Tu vas t'en sortir, Thomas, tu vas t'en sortir. Dans quelques minutes le brancars…

Nan, Crapouille. Lesse-moi parler, j'ai besoin de te dire quelque chose.

Je saiche mes zieux mais mes larmes goutent, pic ploc, sur sa manche.

Y sère ma main.

Tu dois te sortir d'ici, y dit. Partir loin. Comenser une nouvèle vie, ayeurs. S'y te plet, Crapouille, promets-le.

Je vais essayer. Je te promets, mais tout ira bien Thomas, tu vas venir aussi.

Nan, Crapouille, je pourai pas t'acompanier. Le Saigneur me rapèle à lui.

Y caraisse mon visaje, le prend en coupe dans sa main tiède.

Thomas, je dis en reniflans. Thomas, me lesse pas.

La dinamite est toujour sous la couche de Tobie là où tu l'as cachée, y chuchotte. Je l'ai pas déplassée. Fais ce qu'y te samble bon. Y sère fors ma main. Je serai toujour présant dans ton queur, y larticule lentmens comme s'y l'avait du mal à rester éveillé.

Je sanglote et sanglote encor et ambrace sa main et la sère fors, fors contre moi.

Y tourne les zieux pour regarder la flame qu'y danse, danse.

Regarde, Crapouille, y murmure, on dirait une étoile dans le siel nocturne.

La flame ondule et vassille, et Thomas pousse un grans soupir comme si on l'avait retiré le pois du monde de ses épôles et je vois dans ses zieux que l'étinselle en lui s'est étainte.

Thomas ? je soufle, mais y m'entend pus.

La lumiere vacille et la chandèle libère une dernière volute de fumée avant de s'étaindre à son tour.

Je reste assis dans le noir, sérant la main de Thomas jusqua entendre les pas de Nicholson derrière moi, et ceux de Desmond et de Jack.

Tros tars, je leur dis en reniflans. C'est tros tars. Y l'est parti.

TOUT EST PERDU.

Je suis défais.

Thomas est mors.

Je ferme les zieux et revois tout.

On alume une nouvèle chandèle et les visajes des autres m'entourent. Nicholson et Skillen, Jack et Desmond. Les jumaus.

On débleye le charbon otour de Thomas pour le dégajer. On s'y met à sète pour soulever la poutre tandi que Jack le libère.

Jack et Nicholson le hicent sur le brancars, qu'est une longue boite en bois qu'a tout d'un cerqueuye, et on voit que le bas de son cors a été broillé par la poutre et le pois du charbon.

C'est le chois du Saigneur, dit doussment Jack en posant sa main sur mon épôle. C'est son chois, Crapouille, et à présant Thomas est à ses cotés.

Desmond me prend dans ses bras et me sère contre lui.

Y avait rien à faire, continue Jack. Y l'était déjà mors quand on est arivés.

Nicholson que j'avais jamais vu triste s'ajenouye près de Thomas et sésit sa main.

C'est ma faute, y dit. On persait des trous pour la dinamite car y veulent fermer pour de bon cette partie de la mine. J'avais fain et j'ai dit à Thomas que j'alais prendre ma pause en avance et y l'a continué à travayer. Y a eu un éboulmant. Je l'ai entendu m'apeler : Viens Nicholson, viens voir un peu et soudin au contrère, il a crié : Cours cours, alor j'ai couru mais quand j'ai regardé derrière moi y l'était pas là et l'ecsplosion m'a projeté en avant. Quand je suis revnu sur mes pas je l'ai trouvé là, comme ça.

C'est le chois du Saigneur, répette Jack en donant une tape dans le dos de Nicholson. C'est sa volonté.

L'éboulmant a sans doute déclanché la dinamite au fons du puits, dit Nicholson, avec ses mains qui tramblent encor. Je suis désolé, y l'ajoute en s'essuillant le visaje. Telment désolé pour Thomas.

D'abord y eut le Saigneur, qu'y nous créa à son imaje, réssite Jack.

Y créa tous les homes et toutes les fammes
Y créa toutes les créatures sur Terre
Le Saigneur nous aimait tous, sans distincsion
Jusqua ce que les homes et les fammes le traïssent
Y acseptèrent sa confianse puis crachèrent dessu
Provocant son très grans courous.
Alor le Saigneur nous anvoya dans les trefons
Pour expier les fautes de nos ayeux.

Un jour, dit-on, le Saigneur nous enverra un signe, poursuit Jack et Desmond et moi on échanje un regars. J'oche la tête et lui aussi.

Alor nous serons pardonés
Et nous remonterons à la surfasse
Et cette lumiere que le Saigneur tient dans sa pôme
Nous sera donée à tous
Et nous prospérerons dans cette vie comme la prochène
Amen, on dit tous.

Amen.

Je peux pas croire qu'y soit plus là. Je me retourne sans arêt comme s'y se trouvait derière moi. J'entends sa voie dans ma tête. Je le sens otour de moi, et pourtant.

Pourtant.

Y l'est plus là. Thomas, parti. Tobie, parti. Tous les deus.

Et mon queur à nouveau se brize en mile morsaus.

C'EST COMME UN NUAJE NOIR qui m'engloutit et me cloue au sol.

Je veux plus boujer, je veux rien faire que me cacher.

J'arive à rien sauf boire un peu.

Jack apèle ça me morfondre. Y dit que maintnant Thomas est avec le Saigneur et que cette pensée devrait m'aporter du réconfors, mais c'est le contrère.

Car le Saigneur me prend tous ceux que j'aime.

C'est son chois, c'est son chois, répette Jack sans arêt. Sa volonté.

Desmond reste avec moi dans le dortoir. Dans le noir.

J'arive pas à y croire, y murmure et j'oche la tête.

Combien de vies encor va-t-il prendre ? je demande. Combien ?

On doit ajir comme on a dit, reprend Desmond. Le signe.

J'y ariverai pas, je réplique. Et si la mors de Thomas était un chatimans pour nos pensées impies ?

Sauf que c'est pas un chatimans, proteste Desmond. Y a qu'à voir les autres mors, les autres homes qu'ont péri, les autres gamins. Eux ont été raplés avant qu'on se pose la moindre question, Crapouille. La mine est pleine de danjers, et à moins qu'on ajisse, rien chanjera jamais.

Je suis pas près, je dis. Pas encor.

Quand alor ?

Biento, j'assure. Mais je peux pas te dire précizément. Le desaispoir m'envlope comme une couverture.

Le Jour du Saigneur, M. Sharp comense la maisse en réssitant une prière pour Thomas. Mais j'écoute pas car, à vrai dire, ça me fait tros mal de penser que je le reverrai jamais que j'entendrai plus jamais sa voie. Plus de leçons non plus, plus d'érudission. Y l'est parti. Thomas est parti.

Le Saigneur l'a ordoné, ce fut sa volonté, déclare M. Sharp en continuant sa litanie.

Amen, répondent tous les homes.

La tristesse me submerje et j'arive à paine à tenir debous. Desmond près de moi me soutient par le coude.

Je lève les zieux vers le Saigneur et vois que de la pierre.

Je voudrais tous les secouer. Leur montrer cette roche en urlant : Mais regardez enfin, c'est que des rochers ! Les mêmes rochers que vous voillez tous les jours !

Mais y faut pas. Je dois faire samblant d'être un croillant. Faindre. Dicimuler l'imposteur que je suis. Alor que je doute plus que jamais.

Après la maisse, pour la première fois, Jack nous invite au foiller, moi et Desmond. C'est un onneur qui montre que nous somes des vrais homes à présant. Des homes. Ça fait drole à dire alor que j'ai rien d'un home mais je garde mon clapet fermé à double tours. Mais moi, j'ai ocune anvie d'aler discuter et chanter au foiller. Tout ce que je veux c'est me distrère des pensées tristes qu'encombrent mon cervau.

Alor, à la place du foiller, j'emmaine Desmond voir les ponets. Je lui avais promis de l'emmener y a quelques jours pour fêter de plus être considérés comme des desacsés et je tiens parolle.

Sans Thomas je conais pas bien le chmin alor on se perd un peu, même avec la boujie de Desmond qu'éclère la voie. Tous les homes sont au foiller et on les entend qu'y chantent au loin tandi que nous déambulons parmi les puis et les tunels.

On est pas perdus, quand même ? demande Desmond et je secoue la tête.

Bien sur que nan, je rétorque avec un peu de séchresse.

On continue d'avancer jusqua ce que Desmond s'arête.

Attands, il dit. Et je m'arête aussi.

Quoi ? Quesse qu'y se passe ?

La flame danse danse comme toujour, à cause des courans d'aire qu'y balayent les souterins. Mais tant que la flame chanje pas de couleur, c'est qu'on a pas de risque de mofette.

Quoi ? je répette.

Sens, y dit. Sens l'aire.

Je lève le né et renifle mais je sens rien du tout.

Quoi ?

Tu sens pas un peu ? y demande.

Je flaire encor mais persois rien. Ormis l'umidité abituelle de Gueule d'Ours.

J'ai ptêtre révé, y conclut avec tristesse et nous restons imobiles un certin temps.

Nan, j'ai pas révé ! y s'esclame soudin d'un ton enjoué.

Moi, je sens rien qu'un léjer parfin d'onions, un peu comme une odeur d'esselles.

C'est ça ! Tu sais donc pas ce que c'est, Crapouille ?

Nan. C'est pas de la sueur d'esselles ?

C'est de l'aye sauvaje ! y l'afirme. J'en suis sur.

De l'aye ? Mais y a ocune plante qui pouce à une telle profondeur, enfin.

Nan, y l'admet. Mais ça pourait sinifier qu'on a creusé si profons sous Terre que nous alons finir par ressortir de l'autre côté.

Sa joie est bien visible.

Dis pas de bétizes, on creuse vers le bas, pas vers le aut.

Et si le bas nous menait à la sortie ? y sugjère. Une montagne est comme une piramide, pas vrai ? Alor si on comance à creuser sur une fasse à partir du milieu, à forse de dessandre et dessandre et dessandre, on finit où ?

En bas de l'autre côté.

Egzacte.

Je renifle à nouveau mais l'odeur a disparu. La flame vassille.

C'est le printans, y dit. C'est le printans et l'aye sauvaje est en fleur.

Je le sens pus, je dis. Si ça se trouve c'était que notre imaginassion.

Possibe. Mais c'est ptêtre aussi un espoir.

Nous restons là à flérer les alantours encor et encor, mais on sent plus rien que la flame et l'umidité.

Alé, je dis enfin, on a pas toute la journée.

Mais avant de se rmettre en chmin, Desmond sort un bout de crait de sa poche et trasse sur la roche une fleur toute ronde.

C'est de l'aye sauvaje, y l'escplique. T'en as jamais vu ?

Je secoue la tête et conclus : Faut croire que nan, et j'en avais jamais senti non pus. Ce qu'était pas une grande perte s'y ça sent vraimens comme des ésselles.

Y l'éclate de rire et entendre un éclas de rire est rare iciba. J'ai comme une vague chaleur qui monte en moi. Pis je repense à Thomas et de nouveau, je me sens vide.

C'est un espoir, répette Desmond. Un espoir. Maintnant, en avant. Je te suis.

Desmond a un bon contacte avec les ponets. Et y l'aiment en retour, ça se voit. Gayard le remarque aussi.

Majore me renifle et aproche son muzau velouté de ma joue, et c'est étranje mais on dirait qu'y flaire ma tristesse, qu'y comprend ma perte.

C'est mal d'emprisoner des animaux souterre, déclare Desmond en flatant la criniaire d'Étoile.

Gayard hauce ses épôles. Pas pire qu'emprisoner des umins, comme je le dis toujour à Crapouille. Et pis on va plus rester lontemps dans ces bafons, y l'ajoute et Desmond et moi, on le regarde.

Coment ça ? je demande.

Le Maître nous réafaicte, les ponets et moi. On était destinés à une autre mine mais finalment nan.

Pourquoi réafaicter les ponets ? demande Desmond.

Y zont besoin d'eux ayeurs, dit Gayard. Mais les homes restent. Enfin, je sais pas si j'ai le drois d'en parler, alor motusse, hin ?

Et le travaye, alor ? j'insiste. Coment travayer sans ponets ?

Gayard hauce les époles. Si tu veux mon avi, les jours de Gueule d'Ours sont contés. Y essayent d'en tirer le plus possibe avant la fermeture définitive.

Ces mots me rapèlent ceux du Maître quand y l'a parlé de l'ectrissité. Qu'on alait pas instaler dans nos bafons pisque le charbon allait biento s'épuiser. Mon cervau file à toute alure.

Quesse tu vas faire, Gayard ? demande Desmond.

Gayard sourit. Je vais quiter la mine mais pas pour en rejoindre une autre, ça nan. Depuis tout ce temps j'ai économizé pour rachter un ou deux ponets, voillez-vous. Je trouverai du travaye ayeurs, dans une ferme ptêtre. Y a toujour besoin de bons ponets robustes. Un peu d'aire frès et de repos et y seront en pleine forme.

Tu pars quand ? je questione et y l'hauce les époles.

C'est un jeu de passiance, y répons. J'attands le momans où on nous sortira d'ici, alor je remettrai jamais les piés dans une mine jusqua la fin de mes jours. Y sourit, y lui manque une dant. Ça me désole pour ceux qui restent, y conclut, mais votre tour viendra sans doute.

Desmond me regarde et dit : Sans doute.

Sur le chmin du retour, Desmond est si débordant de pensées qu'y samble marcher sur un nuaje.

Demin, c'est retour au travaye, j'anonce.

Mais pas comme désacsés, y précize. Quand esse qu'on fera le signe du Saigneur ?

Je pose le dois sur mes lèvres.

Y a persone ici, Crapouille, y fait remaquer.

On est jamais tros prudant.

Et donc ? y demande. Quand ?

Biento, je répons.

Ton plan, Crapouille, y l'est danjereux ?

<u>Notre</u> plan, je corije.

C'était ton idée, nan ?

Si tu veux pas m'éder, t'es pas oblijé, je rétorque.

Bien sur que je veux. Et je t'éderai, tu peux conter sur moi. Mais on doit pas tarder à fraper. Car si vraimens y zenvisajent de fermer Gueule d'Ours, y seront encor plus néglijants. Ce qui sinifie encor plus d'acsidants, plus de danjer. Y faut ajir vite.

L'ennui, j'esplique, c'est qu'en y pensant, je sais pas si notre plan peut marcher. Si on faisait sauter le lac, si on le vidait pendant que les homes sont aux pompes, ce serait un signe évident, bien sur. Mais si tout le monde prend ça pour un acsidant ? Ou s'y les eaux se vident et qu'on a même plus d'eau propre ? Ça ferait qu'ampirer les choses. Y faut un autre plan.

Desmond hoche la tête.

Dacors, y dit. On réfléchit à autre chose de mieux. Quelque chose d'encor plus grans et encor plus fors.

Quoi ? je demande. Comme quoi ?

Y lausse les épôles. Quelque chose d'encor plus grans et encor plus fors. Tu finiras par trouver, Crapouille. Comme toujour.

A LA CANTINE, je manje rien et Jack me dispute. Thomas voudrait pas que tu te lesses mourir, hin, Crapouille ? C'était le chois du Saigneur de le rapler à lui. Thomas a rejoint un monde meilleur alor inutile de te morfondre, y conclut en ingurjitant sa pitanse et parlant la bouche pleine.

Mais tous ces propos chanjent rien. Les mots donent pas fain. Les mots font pas oublier.

Je le vois sans arêt dans la pénombre. Thomas. Dès que j'ai les zieux fermés. Je cligne des zieux et y l'est là. Pas fors et grans comme y l'était, mais tout broillé sous les rochers noirs et asséré.

Desmond dit que cela passera, que ma douleur sera aténuée par le temps, et que je me rapèlerai Thomas tel qu'y l'était. Un érudis, un home jénéreux, le père que j'ai jamais eu.

Ses parolles sont mon seul réconfors, les parolles de Thomas. Thomas qu'y vit dans mon queur. Parfois je pose les mains sur mon queur et les lesse là. Je pense à lui et espere qu'y s'y trouve.

Desmond dit que je dois me consentrer sur l'afère qui nous ocupe, mais lui a pas conu Thomas toute sa vie comme moi.

J'ai peur de jamais surmonter ma perte.

Je suis détruis. Pour toujour.

Je rêve de lui.

Je rêve de nuajes blans et cotoneus.

Je rêve de siel bleu et d'un soleille éclatant.

Je rêve d'eau propre et si clère qu'on s'y reflète comme un miroir.

Je rêve de chans verdoillans ou pessent des vaches et des moutons.

Je rêve d'une maison, une ptite fermette. Avec une mare devans et des canars qui font coin coin, des poules qui pic-pic-picorent devans l'antrée.

Une maison en brique rouje. Et de la fumée qu'ondule par la chminée.

Je remonte la ptite alée en sonjant à la maison de pin d'épisse dans les istoires de Thomas, et quand j'arive, c'est lui qu'ouvre la porte. Thomas. Il sourit et il rit en me soulevant dans ses bras pour me faire tourner et virvolter.

Je te croillais parti pour toujour, je dis et y saiche mes larmes.

Mais nan, y répons. Je suis toujour là comme tu vois. Et y pose sa main sur mon queur. Je te l'avais bien dit.

On s'assoit dans la cuisine et c'est un festin qui nous attand. Du fromaje et du pain et des viandes rauties dans leur propre jut. Des pomes bien mures et cracantes, et des poires, des serizes rouje vif tout amonselées. De la bière à l'eau aussi, et nous manjons et buvons et rillons.

Desmond s'ocupe bien de toi ? demande Thomas et je ris encor plus.

J'ai besoin de persone pour s'ocuper de moi, je dis la bouche pleine de nourriture. Ça le fait sourir.

Alor toi tu t'ocupes bien de Desmond ? y demande et j'oche la tête.

Bien sur. Je peux venir vivre ici avec toi ? je demande et y secoue sa tête.

C'est tros tôt pour toi. Dabors, tu dois échaper à Gueule d'Ours.

Je regarde otour de moi, les murs de la maison comensent à glisser de plus en plus loin.

Je tends les bras et Thomas est toujour là, mais j'arive plus à me tenir à lui et, planté devans moi, y devient de plus en plus grand comme une tour qui me domine. Un géan qui culmine. Ensuite ses zieux projaitent une lumiere et ses dois aussi, puis tout son être. Y brille si fort, si fors qu'y l'en est éblouissant.

C'est un signe, je dis. Un signe du Saigneur.

Et Thomas se besse et me tands sa main mais elle est si énorme et si éclatante que je manque durler.

Je serai toujour oprès de toi, y l'assure.

Et bien que je le voie pas, je sais qui sourit.

Je me réveille en sursaus. Ampétré dans mes dras et dégoulinant de sueur.

Je reste imobile, étandu sur ma couche, à reprendre mon soufle.

Mersi, Thomas, je dis dans ma tête. Mersi.

Je te remersie pour l'idée que tu m'as donée.

Tu grimpes vite ? je demande à Desmond sur le chmin de la cantine lindi matin et y me regarde bizarmant.

Aux arbres tu veux dire ?

En jénéral.

Pas tros mal, je crois. Pourquoi ?

Passque l'un de nous va devoir grimper. Mieux vaut que ce soit moi, mais je voulais quand même vérifier.

À la leçon, quand nous somes certins que persone nous entend, je lui dévoile mon plan.

Ses zieux s'écarquillent.

Ça va pas être fassile, y dit et j'oche la tête.

Je sais. Mais y faut tanter.

Quand ? y demande.

La première partie, la semène prochaine à la même eure. Le Jour de bière. Toi, tu feras diverssion et je m'ocuprai du reste.

Sur ? y demande. Ça lesse peu de temps pour se préparer.

Sur. On instale tout le Jour de bière, et on déclanche au prochin Jour du Saigneur. C'est le seul moyen. À moins d'attandre encor un mois.

Et s'y quelqun nous voit ?

C'est un risque à prendre, je dis. Mais si le plan foncsionne, le Saigneur enverra à tous les homes de Gueule d'Ours un signe dont y se souviendront pour toujour.

Alor on va le faire ? Vraimens ? y demande, et j'oche la tête.

Thomas m'a doné son acors, je répons. C'étaient ses derniers mots. Y m'a dit de me sortir de Gueule d'Ours. C'était sa fasson de nous doner sa bénédicsion. C'est lui dans mon rève qu'y m'a doné l'idée du nouveau plan.

Desmond sourit alor que retentit le cous de siflet de fin de pause.

On passera tout en revu demin pendant la leçon, je décide.

Et quand nous arivons à la cantine, si incroillable que ça puisse parètre, j'ai retrouvé un peu d'apétis.

Thomas est dans mes pensées toute la matinée. Les manstrues sont finies depuis lontemps comme y l'avait prédit, comme si elles avaient jamais egzisté. J'aimerais tant qu'y soit là pour qu'on en parle, de ça et d'autres choses. Tant de choses que je voudrais lui dire et lui demander. Sur sa seur, sur l'orthographe. Et je prends conssianse qu'y aura plus de leçons d'orthographe.

Plus vraimens. Leçon est devnu un mot qu'on emploie pour dire réunion, c'est tout.

Tobie parti. Thomas parti.

Et je dois me sortir de Gueule d'Ours où je finirai comme eux.

Pendans toute la semène, aux leçons, Desmond et moi on répette le plan en chuchotant tous bas comme des souris. Car ce que nous alons faire est non seulment impie mais aussi très danjereus. N'ampêche qu'y faut le faire. Y le faut.

Le Jour du Saigneur, lor de la bouillie du matin, je me lance. Je demande à Jack si on peut prendre pars au Jour de bière. Y l'est ravi.

Tous ensamble, je dis, nous pourons boire à la mémoire de Thomas. Je sais que nous les gamins normalment prenons pas parts, mais Desmond est assé vieus, et moi aussi je dois pas être loin d'avoir l'aje.

Jack regarde Skillen qui essaye de pas rire et Nicholson hoche sa tête.

Crapouille est assé vieu, y dit, ça aucun doute.

Will et Joe aquiessent aussi en avalant leur dernière cuillérée de bouillie sucrée.

Jack soupire. Tes jours comme gamin sont contés, Crapouille. Vous êtes les bienvenus bien sur. Vous êtes assé vieus.

Je fais mine de lever une choppe à sa santé. Jack me donne une grande tape dans le dos qui manque de me faire basculer.

J'aime pas le gous de la bière mais je dois faire iluzion. Desmond aussi. Notre plan en dépend.

Le Jour du Saigneur je chante pas, mais je fais samblans. Ma bouche s'ouvre et se ferme, sans qu'un son s'échape. Mais je suis consentré, j'enrejistre tout ce que je peux otour de moi. Combien y a de marches avant d'antrer. Quelle distense d'un mur à l'autre de la Galerie, à quelle vitesse je peux courir, à quelle auteur je dois grimper. Combien de temps pour toute l'opérassion. Je suis plus petit que Desmond et aussi plus ajile, alor c'est moi qui grimperai, c'est ce qu'on a déssidé. Je lève les zieux vers la figure du Saigneur en pensant : quelle longueur de maiche me faudra-t-il ?

Tout en articulant en silense, je me sens un peu coupable de mentir à mes amis et aux autres homes. Mais mon mensonje est pas pire que la traïzon du Saigneur lui-même.

C'EST AUJORDUI. Jour de bière. Le jour où nous devons passer à l'acsion.

Ça va aler, je me rassure. On va y ariver.

Après le travaye, nous nous dirijons vers le lac et je jète un cous d'euye à Desmond qui me répons d'un sourire et d'un signe de la tête. Y faut ajir. Pas le chois. Y faut ajir pour Tobie, pour Thomas, pour tous à Gueule d'Ours.

Comme dabitude le Jour de bière, l'aire crépite. Les homes ont soife, y zatandent que ça, y se mordillent les lèvres d'impassianse et se donent des grandes tapes dans le dos.

Tout le monde va à la cantine et j'en profite pour retourner discrètmant au dortoir. Je dispoze la planche pour que persone puisse me voir. Je soulève le matla de Tobie et doussement en sors deux batons de dinamite. Y sont lours et frois dans ma main, un peu comme des chandèles. Je les glice dans mes botes pis refais les lassets. C'est qu'au momans de partir que je me rapèle de prendre des maiches.

Stupide Crapouille, je me dispute. Deux choses à te rapler et t'as failli en oubliller une. Je retourne au matla et sors une bobinne de maiche. L'est si longue que je l'anroule sous ma manche otour de mon bras pour la cacher en la coinssant au bous pour que persone remarque rien.

Je suis près.

À la cantine, tout le monde manje ses patates et sa viande de bon queur, et quand les tonaux de bière font leur antrée, les homes chantent et tapent des pié. Y crient Bière bière bière et tapent des poins sur les tables si fors qu'elles vacillent.

On nous distribue des grosses choppes en étin. L'est défandu de les garder, somes somés de les randre avant de rantrer au dortoir ou bien tout le monde aura une amande. Que crègnent-ils donc ? Que pouraient bien faire des homes avec de maleureuses choppes, je me le demande bien.

Jack arête l'home qui distribue les choppes et en prend deux suplémantères pour moi et Desmond.

Y l'esplique : Ces deus-là sont assé vieus à présant.

L'home nous observe, y lévalue notre aje.

À tes risques et périls, y dit enfin à Jack avec un aussmant d'épôles pis y s'éloigne.

J'ai déjà bu de la bière coupée à l'eau mais pas de la vraie bière. Et ma parolle, c'est fors. Pas étonant que cette boisson réduize le cervau en bouillie et donne la nosée le lendmain. Les homes boivent et chantent et rient, y se lèvent sur les tables et braillent comme des forsenés. Je sirotte ma bière et recrache discrètmant dès que je peux car y me faut garder la tete froide.

Desmond chante avec les homes, et je le fuzille du regars. Y l'a l'aire de bien s'amuser et ça m'inquiete. Faudrait pas que notre plan échoue sous prétecste qu'y l'a pas les idées clères.

Jack grimpe sur la table et entone une chanson, y l'hice Desmond à ses côtés. Je souris et tape dans mes mains mais à vrai dire, j'ai qu'une anvie, c'est de doner un cou de pié à Desmond, pardonnez-moi Saigneur. Je peux pas ajir seul.

Desmond vacille, y ranverse plein de bière et éclate de rire avant de revnir s'assoir à coté de moi avec maladresse.

Souris un peu Crapouile, y me soufle à l'oreille, je leur fais croire que je suis sout.

Je répons entre mes dants : Alor fais leur croire seulment.

La soirée se poursuit et je fais toujour mine de siroter ma bière. Le vacarme est de plus en plus fors mais certins ont déjà bu plus que de réson et ronflent afalés contre le mur, oquetant et lachant des ros malodorans.

Desmond s'aproche de moi, tout flajolant. Ça me met or de moi. Par sa faute, nous alons devoir attandre un mois complet avant de retanter notre plan. Un mois gaché.

Y s'avance et soufle dans mon oreille : Alor, je suis assé convincant ?

Je réplique par un cou de coude et y ricane.

Y se panche à nouveau vers moi et murmure : T'es près Crapouille ?

J'ai pas le temps de répondre, y se relève et retombe à moitié sur moi.

T'as tros bu, assaine Jack en le voyant. Crapouille ramène-le.

Je soulève Desmond qui prend appui sur moi, mais je sais pas bien s'y fait samblant ou s'y l'est rons comme une barique.

Nous quitons la cantine en titubans, abandonant nos choppes sur la table, et passons devans des gardes qui nous observent.

Y l'a tros bu, je leur esplique et y nous adressent un grans sourire.

Dès que nous somes or de vu des gardes, Desmond se dégaje.

À quoi tu joues ? je lui demande furieus.

Y sourit et dans ses zieux, y l'est clère qu'y l'est tout aussi lusside que moi.

Je joue au soulot, y l'esplique en me donant un ptit cou dans l'épole.

Allonzy, je dis, soulajé.

Nous partons bradsu bradsou, c'est moi qui guide, en gardant l'oreille tendue. Soudin, sans faire ecsprès, sa jambe eurte la mienne.

Fais gafe, je gronde entre mes dants car j'ai pas oublillé que la dinamite est glicée dans mes botes.

Y l'hoche la tête.

En remontant le tunel désers, nous croisons d'autres soulots, certins sont afalés contre la paroi, d'autres recroquevillés dans leur panier. J'ai rien jamais rien vu de pareille. Tout ça pour une boisson qu'est à vrai dire répuniante.

Mais je comprends que la bière est un moillin de controler les homes. Y sufit de leur doner envie de quelque chose, les faire payer pour l'obtenir pis en restrindre l'acsès, si bien qu'y z'en boiront encor plus à la prochène ocasion. C'est ainsi que tout foncsione iciba. Par le contrôle.

Les gardes nous remarquent à peine. Y sont deux à chaque étaje, à l'antrée et à la sortie de chaque tunel. Y barvardent et discutent sans faire atension à nous.

Y l'a tros bu, ton copin ! ricane l'un d'eux. Les Jours de bière finissent toujour pareille, pas vrai ?

Je remarque qu'y zont des choppes de bière eux aussi.

Pour me porter chanse, je croise les dois. Mais comme je suis abitué à demander l'ède du Saigneur, ça me fait bizare de pas m'adrésser à lui.

Saigneur protéjez-moi, je dis quand même dans ma tête. Saigneur prézervez-nous du mal.

Quand on est or de vue des gardes, Desmond et moi on marche normalment en restant tout près l'un de l'autre aucazou. Par chanse, les gardes ont toujour une chandèle, alor on les repaire à leur flame qui danse au loin, et on a le temps de se préparer avec Desmond qu'y s'apuie sur moi comme un soulot. Les vrais soulots qu'on croise m'inquietent pas, car je doute qu'y se souviendront de grand chose de cette soirée.

Pus on grimpe plus l'aire fréchit mais on avance aussi vite qu'on peut, conssiants que cette nuis est notre seule chanse avant un mois d'instaler la première partie de notre plan. Je pense aux travayeurs de chaque étaje. À tous les nivaux des homes et des gamins qu'y triment comme des esclaves pour le Maître.

Encor deux étajes et nous y somes, Desmond oquète et rote à chaque fois qu'on croise des gardes.

Vous deus, je vous conais pas, aboit soudin l'un deus. Alte-là.

J'atire Desmond à l'écars, mon queur bat à tout rompre.

Pardon, je dis, c'est juste que mon copin qu'est sout et…

Lesse-les, va, intervient un autre garde. L'est encor plus sout que Marshall l'autre jour, vise un peu son étas. Quel mal peuvent bien faire deux gamins rons comme des bariques, hin ? Alés, retournez à votre dortoir les gamins. Demain y a travaye.

Oui monsieur, je dis. C'est juste que mon copin voulait voir son frère qu'est en poste à un autre étaje et aujordui c'est sa seule chanse, ormis le Jour du Saigneur.

Les rassamblemants sont interdis, rapèle le premié garde, vous conaissez la règle.

Allé, détans toi, intervient son colegue, sois pas si égri. Laisse-les passer, y font rien de mal.

Desmond brandit une choppe imaginaire et lance : Mersi les gars, on boira à votre santé.

Une fois ors de vue, je m'otorise à soufler.

S'en est falu de peu, je chuchotte.

Cette fois, nous somes au bon étaje et avançons vers la Galerie du Saigneur, tout est calme et silansieux et Desmond sère ma main dans le noir. Nous y somes presque. On apersoit alor une flame qui danse et entendons des voies en provenanse de la Galerie du Saigneur.

Desmond m'atire dans l'ombre.

C'est l'ocasion, y soufle. Vazy et moi je vais les distrère.

Y s'avance vers les voies en titubant et marmone dans sa barbe tout flajolant de droite à gauche.

Deux gardes surjissent et je me cache derrière des rochers.

Ah les amis, s'écrie Desmond avant d'entoner une chanson.

Les gardes éclatent de rire et Desmond s'avance vers eux les bras tendus.

Mes gayards, chantez avec moi, y continue en lachans un rot sonore.

Tu peux pas antrer dans la Galerie du Saigneur, avertit l'un d'eux, c'est défendu.

Quel domaje, réplique Desmond oquetant et chanselant. Moi qu'y voulais le remersier d'avoir créé la boisson la plus esquize et divine sur terre, j'ai nomé la bière. Mes gayards, quelle tristesse que vous zayez pas de bière ici, vous savez pas ce que vous manquez.

Y rient de plus belle et tous chantent avec Desmond alor qu'y les éloigne de la Galerie du Saigneur pour que je me faufile à l'intérieur. Une boujie brule de part et d'autre de l'antrée mais à l'intérieur c'est le noir complet.

Saigneur protéjez-moi, je murmure en passant devans les boujies et pénétrans dans la Galerie. Je ferme les zieux et lonje le mur.

Les mains sur la paroi, je fais le tour de la sale. Je dois ajir vite. Je m'assure que les batons de dinamite sont bien dans mes botes pis, sur la pointe des piés, aussi discrait qu'une arainiée, je file vers le Saigneur.

Je frissone de me trouver devans lui, de sentir son regars sur moi, alor je me répette : Y l'est pas là, y l'est pas là. Je sère les mains sur ma poitrine et pense à Thomas. Y faut ajir. Y le faut. Pas pour moi, pas pour Desmond mais pour tout Gueule d'Ours. Pour Jack, pour Skillen, pour Nicholson, pour les Davidson. Pour chacun d'entre nous.

Dehor je persois les voies de Desmond et des gardes qui plésantent. Mon queur tambourine jusque dans ma gorje alor que je contourne le Saigneur et me glice derrière pis comense à grimper avec l'ède de mes piés et de mes mains. J'avais encor jamais grimpé ainsi à la verticale mais toutes ces anées à tirer et poucer des paniers remplis de charbon m'ont rendu robuste alor je me hice rapidmant.

Les rires deviennent plus fors et j'ai peur qu'y zantrent, mais Desmond parvient encor à les éloinier, je le sais car les voies tardent pas à s'évanouir de nouveau. Je sens le Saigneur sous mes dois, je le sens contre mon visaje et y a pas une once de divin, rien que de la roche semblable à toutes les parois de Gueule d'Ours, y compris les murs de notre dortoir.

J'ai la sansasion de mettre une éternité à attindre le somet mais soudin je le sens, le plafons qui mefleure les cheveus. C'est donc que j'y suis – sur la tête du Saigneur. C'est ici que je dois instaler la dinamite. J'enfonse la première sous son cou en vérifiant plusieurs fois que le baton tient en place. Pis de la deuzième de l'autre côté bien calé aussi. La maiche doit être sufisamant longue pour presqu'atindre le sol sans quoi c'est l'échec assuré. Je déroule le fusible. J'ai la bouche si saiche que j'ai du mal à avaler ma salive.

Je redessens aussi vite que je peux et la dessante est plus dure que la montée, car je disserne moins bien les poins d'apui. Plusieurs fois je manque de glicer et tomber dans le vide. Je m'autorise à respirer qu'une fois sin et sauf sur le sol. La maiche est juste assé longue et j'anroule l'ecstrémité pour la cacher dans un petit recoin à ma auteur.

C'est fait. J'ai réussi. La première faze.

Encor six jours et nous serons de retour dans cette même Sale. Alor on poura passer à la segonde partie du plan. Pour l'instans, je peux qu'espairer que persone découvrira mon instalacion.

Je m'avance vers la porte et écoute les rires de Desmond et des gardes avant d'oser sortir. Desmond sifle et je sais que c'est son sinial pour dire que tout va bien. Je sors de l'ombre et fais mine de débarquer à cet instans.

Je m'avance vers Desmond en jémissant : Saigneur protéjez-le. Escusez-mon ami, y l'a bu de la bière pour la première fois. Je l'ai cherché partous. J'espaire qu'y vous a pas embétés avec ses istoires, je dis en levans les zieux au siel.

Les gardes ricanent et me tapottent sur la tête et disent que je suis un bon copin de m'occuper de lui et y nous conjédient tous les deux en nous souétant un réveille sans gueule de boit.

J'ai réussi, je soufle à Desmond quand on est assé loin pour pas être entendus.

Y soupire de soulajmant. T'en as mis du temps, j'ai cru qu'on était découvers, y chuchotte. Alor tout s'est pacé comme prévu ? y demande et j'oche la tête.

La maiche est cachée dans un recoin, y sufit de tendre le bras pour l'alumer et alor…

Le signe, dit Desmond.

Le signe, je répette.

Nous rantrons au dortoir sans ancombre. Les gardes qu'ont essayé de nous arêter toutaleur sont plus en servisse. Tout va bien. Du moins pour le momans.

CE MATIN, tout le monde soufre de migrène, sauf moi et Desmond. Jack est imprecioné que Desmond ait bu otans de bière sans avoir de gueule de boit.

T'es comme moi quand j'étais jeune, y dit avec une tape dans le dos. À présant les années pèsent lours mais toi, gamin, t'es costaux.

Toute la journée nous travayons dur mais l'inquiétude me tarode. La maiche est-elle sufisamant cachée ? Et si quelqun contourne le Saigneur et la voit ? Et si on trouve la dinamite ? Et si et si ? Je tante de faire tère mes doutes mais je crins que certins gardes reconaissent Desmond, et je m'inquiete aussi pour lui.

Je suis anté. Je sens en permananse Thomas et Tobie otour de moi. Je les sens. Je sens toutes les ames de tous ceux qu'ont péri ici. Parfois je crins de santir Walsh aussi. Pourtant même si le Saigneur egzistait, je sais que Walsh serait pas avec lui. Walsh est dans un monde ténébreus et c'est sa place. Un Diable, qu'y l'était.

Hier j'ai acompanié les autres au foiller. Y parlent de bière, de fammes et se racontent aussi leurs istoires. Mais pas comme celles qu'on invantait avec Thomas et Tobie. Des istoires crues, des istoires comiques. Ça fait passer la soirée mais je sonje que leur temps pourait être mieux utilisé. Si nous unicions nos forses contre le Maître et fesions fron ensamble. Mais Jack est celui qui parle le plus fors et y fait tère tous ceux qu'espairent un chanjment ou une fasson d'améliorer notre situassion.

C'est ainsi et c'est tout, y repette sans jamais rien écouter. Y a qu'à voir ce qu'est arivé à Thomas, y l'esplique. Malgré toute l'érudission du monde, le Saigneur nous rapèle à lui quand bon lui samble. C'est comme ça et c'est tout.

Alor aujordui, Desmond et moi, on n'acompagne pas les autres au foiller et à la place, nous prétecstons d'aler à notre leçon. C'est là qu'on passiente. Qu'on complotte. Car un signe va ariver. Un signe du Saigneur. Et Desmond et moi devrons jouer notre partie du mieux possibe.

MERCREDI, un home inconu aparet à la première eure. M. Sharp s'incline bizarment comme s'y l'était en ecstase devans lui. Dabors je me dis que l'inconu est là pour Desmond et moi et qu'on a été découvers. Mais je fais fausse route. Y l'est pas venu pour ça. L'inconu est là pour tout autre chose.

M. Sharp atire notre atansion en fesant tainter une cuillère sur un bol de bouillie.

Écoutez écoutez, y l'apèle d'une voie forte. Y montre le tablau acroché au mur et déclare : Le Maître est pas telment ravi de votre productivité car elle est inférieure à la semène dernière. C'est insufizant. Alor si les chifres remontent pas, c'est vos salères qui vont dessendre.

Un jémissemant parcourt le réfectoire.

Et c'est pas tout, continue M. Sharp. Je vous présante M. Lewis qu'a été nomé Inspecteur de Gueule d'Ours. Et l'a quelque chose à vous dire.

Y regarde M. Lewis qu'y ressemble fors à un rat vétu d'un costume de twide vert. Ptit et anguleus avec sa moustache et ses lunettes perchées sur le bous de son né. M. Lewis nous observe les zieux plicés.

Messieus, y comense la voie calme mais otoritère. J'ai travayé dans nombre de mines et celle-ci est la pire que j'ai vue.

Ah, à qui le dis-tu ! lance une voie et un glouss-mant traverse la salle.

M. Lewis atend que le calme revienne pis fait un pas.

Qui a dit ça ? y questione et chacun regarde ses piés. Qui a dit ça ? y répette plus fermement. Tout le réfectoire est silansieux, on pourait entendre les pas d'un scarabé.

M. Lewis reste imobile. Qui. A. Dit. Ça, y demande encor, lentment.

Cette fois un home se lève, sous la préssion des cous de coude de son voisin.

Viens ici, ordone M. Lewis. Viens devans, là où tout le monde peut te voir.

Dabors l'home bouje pas.

Ici, aboit M. Lewis et l'home s'avance en ficsant ses piés, l'aire de vouloir être n'importe où sauf dans cette mine. Y s'arête devans M. Lewis.

Ce que j'ai dit t'a paru drole ? demande M. Lewis, avec un ristusse.

L'home renifle et continue de scruter ses botes.

Saigneur sauvez-nous, murmure Jack.

Ce que j'ai dit t'a paru drole ? répette M. Lewis en découpans chaque mot comme un canif asséré. Y dévisaje sa proie.

Nan, dit l'home qu'y trouve dessidément ses piés très intéréssans. C'était pas drole.

Nan, aprouve M. Lewis. Ça l'était pas. Pour te punir de ton insolanse, ton salère sera divisé de moitié. Monsieur Sharp, notez son nom je vous pris. Moitié de salère pendant trois semènes, cela me paret un juste chatimens pour son insolanse.

Tout le monde retient un cri. Moitié de salère pendant trois semènes, c'est chair péyé pour une plésantrie.

Retourne t'assoir, ordone M. Lewis à l'home qui samble avoir rétréssi. Voilà ce qu'arive à qu'y respecte pas ses supérieurs, continue M. Lewis. Car les actes ont des consécanses. Alor à l'avenir, y poursuit avec calme, à l'avenir, vous ferez tous egzactement ce que je dis. Compris ?

La foule aquiesse : Oui, monsieur, oui monsieur.

Bien, reprend M. Lewis. J'ai été informé que cette mine est pas seulment médiocre par sa productivité mais aussi qu'elle conte d'ansiens désacsés qu'y pouraient nourir de la ranqueur. Alor je vous le dis sans détour : y l'faut que cela cesse. Car toute odeur de rébelion, la plus petite suspission d'insoumicion dans cette mine seront réduites à néans. Sachez aussi que tout travayeur est abilité, sous le sot de la confidansialité, à raporter à M. Sharp l'egzsistance du moindre complot. Si l'acusassion s'avère véridique, ce travayeur recevra un mois de salère et… M. Lewis s'intérons pour plus d'efet. Et y l'aura de la bière gratis pendant trante jours ! Lui et tout son dortoir !

Une rumeur se met à anfler. Dénonser un collegue est une chose grave et contre toutes nos règles de travaye. Je me demande si M. Lewis voit ce que je vois : ces homes seront près à inventer nimporte quoi pour un mois de salère. Y va ployer sous le pois des délateurs. Déjà les homes se jètent des regars et se surveillent les uns les autres. L'ambianse a viré. L'était chaleureuse et ramplie de discussions et l'est devnue glaciale. Voilà qu'est de movaise ogure.

On va devoir être sur nos gardes, marmone Jack. Tous otans que nous somes.

Au fil de la semène prochène, poursuit M. Lewis, je viendrai vous voir chacun à votre poste afin de vous dire coment ogmanter votre producsion. Je vous demande de répondre à mes questions et d'assumer vos taches du mieux possibe.

Dans la sale, le silense est redevnu complet.

Bien, conclut M. Lewis. Vous pouvez finir votre pitanse.

Desmond me lance un regars pis pose la main aplas sur la table avec trois dois tandus. Un pour chaque jour. Encor trois jours de travaye, puis ce sera le Jour du Saigneur. Trois jours avant que notre plan nous sauve tous. Ou qu'au contrere, y nous perde.

C'EST QUE LE VENDREDI que nous revoyons M. Lewis. Nous savons qu'y l'arive à la lumiere éclatante qui l'acompagne dans les tunels, une lumiere stable, pas comme nos chandèles. Y l'est flanqué de deux gardes qui transportent chacun une lampe de sécurité.

J'ai le queur au bors des lèvres de peur d'avoir été balancé. Mais soudin, je me rapèle qu'y l'a anonsé sa visite à chacun des travayeurs à tour de roles.

Y s'arête devans moi et Jack, et on s'imobilize.

Nan nan, y proteste en ajitans le bras, continuez à traveyer, faites comme si j'étais pas là.

Un garde déplie un ptit tabourais et M. Lewis s'assoit dessu.

Nous nous eforsons de travayer dur mais y faut bien le dire, c'est dificile de trimer avec quelqun qui nous regarde et une lumiere si éblouissante dans nos zieux.

Quand le siflet de pause retantit, M. Lewis se lève et nous déposons nos outis. Y l'a un ptit calpin et un stiloplume qu'y l'utilise pour écrire. Un des gardes lui tand un pot d'ancre et y l'y trampe sa plume tout en prenant des notes.

Vos noms ? qu'y demande et nous répondons, Jack dabors puisqu'y l'est l'éné, pis moi. Foncsions ? demande M. Lewis.

Hercheur et traineur.

Y montre notre panier. Combien par jour ?

Ça dépand, répons Jack et y détaye nos chifres des bons jours et des movais et M. Lewis note tout ça pis fait une moyaine.

Insufisans, décrète-til.

Jack tousse un peu pis est secoué par longue quinte. M. Lewis atand, l'aire impassians. Le mouchoir de Jack est plein de glères noires, et pour la première fois je vois aussi du sang. Des trasses roujes.

M. Lewis nous pose d'autres questions, à quel cadanse doit-on ramplasser notre équipment, quelle est la taye de nos mandrins, toutes sortes de détailles tant et si bien qu'à la fin nous somes épuisés de parolles.

Y referme son calpin et le glice dans sa poche, tapotans dessu comme si c'était un bon chien, pis y se lève et le garde replie sa chèse en silense.

Crapouille Coombes, y dit. Crapouille. Ton nom m'est familié. On m'a parlé de toi.

Y m'observe de ses zieux vitreus tel un serpans observant une souris. Je t'ai à l'euye, gamin, y dit.

Tous dans cette mine, je vous surveille comme un faucon.

Y me sourit pis tourne les talons.

Ce type me plet pas, gronde Jack.

J'observe la lumiere qui s'éloigne dans le tunel.

Moi non plus Jack, je répons. Et je lui fais ocune confianse.

AUJORDUI C'EST SAMEDI, veille de Jour du Saigneur. Je passiente autans que je peux. J'ai passé en revue notre plan tant et tant de fois dans ma tête, dans mes rêves, en travayant dans le noir que j'ai l'imprecion d'avoir déjà alumé cette maiche plus de mile fois.

Pourtant je sais que c'est pas le cas. Et que tout dépand de demin.

S'y nous nous fesons prendre, Desmond et moi, nous serons certainment pandus.

Je le dis à Desmond et y l'hosse les épôles.

Mieux vaut finir pandu à la surfasse et avoir encor une chanse d'apersevoir le siel bleu, que broillé iciba sous le charbon.

Y l'a pas tors.

N'ampêche, parfois, je doute. Que se passera-t-il quand on se sera échapés ? Je pense à M'man et j'ai pas la complète sertitude de savoir où se trouve la ferme. J'ai pas de vrai nom et pas de vraie maison.

Thomas a dit de partir loin. Pis je pense à coment ganier ma croute et je suis englouti par une vague de panique. Mais alor je revois les taches de sang sur le mouchoir de Jack, et ça me confirme qu'y faut se sortir de là. C'est ce qu'a dit Thomas. Y faut s'en sortir. Ensuite on verra.

Toute la journée mes pensées ossillent ainsi dans un sens et dans l'autre, va et viens, comme moi qui monte et dessens le tunel avec le charbon. Va et viens, va et viens.

Le soir, une rumeur joyeuse amplit le refectoire, demin est le Jour du Saigneur, jour de repo et les homes sont bien contents de faire une pause. Je suis si épuisé que je pourais m'andormir dans mon assiette mais Desmond me donne un cous de coude et je parviens à rester éveillé. Une fois Tobie est tombé de fatigue à table. On avait tous ri en voillant sa figure couverte de sausse et de viande. Mais maintnant quand j'y repense, c'était pas si drole.

Dernière soirée avant le plan. Je me sens étranjmant calme et j'oberve les visajes fatigués qu'y m'antourent et sonje que, si tout se passe bien, demin, à la même eure, nous serons libres.

Libres.

Je respirerai de nouveau l'aire frais de la surfasse. Même si je sais pas bien de quoi sera faite la suite.

Par peur de me réveiller tars, je dors pas de la nuis. Je reste alonjé sur ma couche, les zieux dans le vide, envailli de pensées confuzes.

Je pense à Thomas et à Tobie. À Walsh aussi.

Je pense à ma vie avant mes débus à Gueule d'Ours. La vie d'otrefois.

Je pense à toutes ces anées à réssiter la prière du Saigneur. Tant de prières.

Je pense à la quantité de pain et de viande avalée. Aux béniades dans le lac. Aux ptits poiçons blans qui griniotent mes orteyes. À coment Thomas m'a protéjé.

Je pense à quand j'aurai grandi. Quand je serai une famme.

Je pense à Desmond aussi. Coment j'ai cru dabors qu'y l'était le Diable en persone, et qu'y l'est finalmant devnu un vrai ami.

Je pense à toutes ces choses jusqua ce qu'elles écrasent mon cervau et que je sombre dans un someye ajité rampli de rêves dont je me souviens pas. Quand je me réveille, mes dras sont trempés de sueur.

Tous les autres dorment. Je les entends qui ronflent et grognent et je prends consianse que c'est ma dernière nuis dans ce dortoir. Si tout se déroule comme prévu, c'est ma dernière nuis dans la mine. Je pense aux lignes que j'avais tracées en atente du retour de Tobie.

Je ferme plus l'euye jusqua ce qu'au matin, les autres remuent dans leur couche. Le débus d'une nouvèle journée.

Saigneur protéjez-nous, je me dis tout bas en repoussant ma couverture. De la pointe de mon coutau, je grate les lignes sur le mur pour les faire disparètre. Faites que tout se passe bien.

Desmond croise mon regars et y l'est aussi palle que moi. Lui non plus a pas dormi.

Le Jour du Saigneur, lance Jack à la chambré. Saigneur sauvez-nous et protéjez-nous.

Amen, je répons d'une vois forte.

Amen, renchérit Desmond en me regardans.

C'est ainsi que tout comense.

En montans vers la Galerie du Saigneur, j'ai la nosée. J'ai rien manjé à la bouillie du matin. Rien n'aurait pu m'apèser pas même sa dousseur sucrée.

Je tends les mains et constate que je tremble comme une feuye.

C'est la tremblotte, soufle Desmond. Tout va bien se passer.

J'oche la tête.

J'ai la nosée, y dit et j'oche encor la tête.

Tout va bien se passer, je répons. Je tate ma poche pour m'assurer d'avoir bien pris ma boite d'alumètes. Je l'ai pas dit à Desmond, mais j'ai glicé le troisième baton de dinamite dans ma bote avec les deux autres. Aucazou.

Aujordui c'est tout ou rien.

Je croise les dois derrière mon dos. Jack me disait de pas faire ça quand j'étais petit, y disait que c'était superstissieus et que le Saigneur aprouve pas ces ansiennes croillanses mais maintnant ça m'est égal. Tout ce qu'y peut porter chanse est bon à prendre.

Nous antrons dans la Galerie du Saigneur, les flames dansent, dansent sur les murs et Desmond est à côté de moi.

Je le sens qu'y sère ma main. C'est notre sinial.

Tandi que les homes arivent de tous les coins de Gueule d'Ours et entrent en file indiène, je me fofile dans la foule et me freille un chmin de l'autre côté de la Galerie où des dizènes d'homes se massent pour avoir une meilleure vue du Saigneur. Mon queur galoppe dans ma poitrine.

J'atins les premiés rans. Le Saigneur se dresse devans moi. Y me domine de toute sa auteur. Je le regarde atentivmant mais y voit ocun signe, rien d'inabituel. Soit j'ai tout bien caché soit quelqun a découvers la dinamite.

J'essaye de déglutir mais ma gorje est tros saiche au poins que je me demande si j'ai pas transpiré toute l'eau de mon cors la nuis pacée. Lantmant je vais pour me glicer tout devans mais voilà qu'une main se pose sur mon épôle.

C'est un home que je conais pas et qui me sourit.

Pas tros près du Saigneur, gamin.

Y sourit mais sa poigne est ferme. Je suis à la lizière de la foule vigoureuse et calme en même temps. Le Saigneur se dresse devans moi, si près que je pourais lui cracher dessu, le mur du Ôle est à ma droite. Tout près mais encor tros loin.

Je vais pas y ariver. Je pourai pas atindre la maiche. Pas avec ce type qu'y me retient et qu'y m'observe.

Je regarde otour de moi, désespéré, et cherche Desmond mais je le vois nulpart. Je suis tout devans une marée d'inconus. À la dérive.

J'ai anvie de pleurer mais les larmes viennent pas.

Une semène, je me dis. Dans une semène on poura ressayer. Avec un peu de chanse, cet home sera pas au même androis le prochin Jour du Saigneur. C'est un cou de malchanse, voila tout.

Le silense s'abat sur la sale. M. Sharp fait son antrée pour guider la prière comme dabitude, mais cette fois l'est acompanié de deux autres. Je tands le cou pour voir, mais les autres me bloquent la vue. Puis je l'apersois. Le Maître en persone, avec son imense chapau posé sur sa tête. Suivi de M. Lewis.

Mon queur s'ambale. C'est lui-même. Le Maître. Y l'a forsément découvers notre plan, sinon y serait pas là. Je l'avais encor jamais vu dans la Galerie. J'ai la tête qui tourne.

Des murmures parcourent la foule, et les homes se bousculent pour mieux voir. J'entends des chuchotis otour de moi, C'est le Maître. C'est le Maître.

Du calme du calme, ordone M. Sharp en levant sa main pour egzijer le silense.

Les murmures se transforment en soufle émerveillé. J'avance doussemant et apersois Desmond tout devans presque sous le né du Maître. J'acroche son regars, y paret efraillé, comme à ses débus à Gueule d'Ours. Tel un jeune poulin.

Vous conaissez tous M. Lewis, anonce M. Sharp pis y l'atand que le soufle s'étaigne. Et voici M. Johnson. Le Maître en persone.

Tous les homes retiennent un cri. La bête casimitique et léjendaire est devans eux. Je me demande si certins voient ce que je vois, que ce Maître est bien des choses, Maître de la mine et tiran à n'en pas douter, mais qu'y l'est aussi un home. Rien qu'un home. De chair et de sang comme nous tous.

Le Maître est venu en ce jour pour vous ofrir une prière ecsepsionelle, déclare M. Sharp. En réson qu'y nous faut ogmanter la productivité de la mine.

Le Maître s'avance et je vois son visaje dabors surpri quand y distingue Desmond, y l'essaye de le situer. Puis d'un cou, je lis dans ses zieux qu'y comprend qui est ce gamin.

Desmond s'avance d'un pas, y a quelque chose entre eux, pis y lève la tête vers le plafons et crie :

Y l'est là ! Le Saigneur est parmi nous. Je le sens !

Y s'ajite et remue comme pris de folie. De gauche à droite y se balanse. Le Saigneur me possede ! y chante. Y l'est avec nous tous !

Enfin, quesse-qu'y fabrique ? je me demande. On le croirait en pleine crise.

M. Sharp s'avance et Desmond aussi et y tand la main.

C'est un signe, dit Jack. Pis plus fors, en se tournans vers la foule : C'est un signe ! Le Saigneur a béni ce garson !

Le Saigneur, crie Desmond. Le Saigneur ! Y l'est là !

L'home qu'y me retenait par l'épôle me pouce or de son passaje, et la foule se propulse en avant pour mieux voir. Je profite que tous observent Desmond, ce gamin possédé par la gloire du Saigneur, pour m'échaper. Je soufle Mersi, mersi à Desmond pour sa présense d'espris. J'ai que six metres à parcourir, puis je me glisse derrière le Saigneur. J'atends un instans, le queur qui galoppe encor et encor, mais persone vient pour me faire sortir de là.

J'entends qu'à présant une deusième persone crie, et encor une autre qui urle : Le Saigneur ! Y l'est bien là ! La fièvre se répand dans toute la sale.

Alons alons, proteste le Maître. Mais Desmond couvre sa voie en chantant : Le Saigneur, le Saigneur ! Et les autres se joignent à lui, toutes leurs voies s'unicent. Le Saigneur est ici, le Saigneur est parmi nous.

Tapi derrière les rochers je vois rien mais peu importe, je dois me consentrer sur ce que je suis venu faire et je remersie Desmond pour la milième fois de faire si bien diverssion. Je tends la main et tatone mais trouve rien. Rien que la roche.

Je tatone et tate et prie et pleure.

Alé, alé, je soufle. Alé.

Et soudin, du bous de mes dois, je la sens. La maiche.

Je la déroule lantmant jusqua ce que l'ecstrémité tombe dans le vide.

Le chans anfiévré est de plus en plus fors et je sors ma boite d'alumètes. Je la tiens dans une pôme et attands. Je suis à la croizée des chmins. Esse vraimens notre seule issu ? Je regarde ma maiche dans une main et la boite dans l'autre.

Saigneur sauvez-moi, je chuchotte. Saigneur, sauvez-nous tous.

Je craque une alumète et alume la maiche. Le chans étoufe le grézillemant et l'étinselle grimpe et grimpe vers le baton de dinamite.

Le poins de non retour.

Silense ! vossifère M. Sharp alor que je jète un cous d'euye depuis derrière cette pierre que je croillais otrefois être tout, et qu'en faite n'est rien. Le Saigneur est un être de pierre et non de puissanse divine.

Desmond s'ajite et chante et d'autres otour chantent aussi, y en a qui tramblent de partous, quelques-uns surtous des jeunes.

M. Sharp s'avance et jifle Desmond.

Arête ça, y l'ordone. Y l'atrape par les épôles. Arête ça, y répette et le secoue. Arête, arête !

Jack s'aproche de lui. Lessez ce gamin, y dit. À travers lui, le Saigneur nous parle !

Les autres se massent derrière Jack, tous unis. M. Sharp lache Desmond, tros stupéfais pour pouvoir répliquer.

Le Maître observe cette sène et recule lui aussi. Pis, contre toute atante, y pivote et m'apersoit. Ses zieux me dévisajent.

Tros tars. J'antends un grondment et m'élanse parmi la foule.

Ce gamin ! apèle le Maître en me pointans du dois. Ce garson là-bas !

Le Saigneur nous parle ! crie Desmond couvrans sa voie. Le Saigneur nous parle !

Desmond designe la tête du Saigneur et, au même instans, la dinamite ecsploze. C'est bel et bien du feu qui sort de son crane, et Desmond s'égozille : Le signe ! y l'urle. Le Saigneur est là !

Tous les autres chantent à présant, le Saigneur ! le Saigneur !

C'est un signe, crie Desmond, et je le crie aussi depuis le milieu de la sale.

Un signe ! Un signe ! C'est le signe que le Saigneur nous a promis !

Un home à côté de moi m'agripe.

C'est le signe, gamin ? Vraimens ? y demande, les zieux étinselans.

C'est un signe sans aucun doute, je répons. Le signe, nesse-pas ?

Et alor je regarde par-dessu son épôle et retiens un cri.

La tête du Saigneur s'est détachée et bascule vers l'avant, elle s'arête un instans sur ses épôles pis dégringolle de toute sa auteur.

J'urle alor que la foule bondit en arrière. Des sentènes d'homes qui courent et trébuchent. L'énorme rocher rebondit et s'écrase au sol, me fraulant de peu.

C'est un signe, je crie. C'est le signe ! Comme le dit la prière, nous somes libres, nous somes libres !

Je regarde Desmond qui m'adresse un ptit ochemant de tête avant de s'égosiller : Nous somes libres ! Le signe du Saigneur. Nous somes libres !

Jack se joint à nous : Le signe du Saigneur est là ! Nous somes des homes libres, tous des homes libres. Y saiche ses larmes. Nous somes bénis, le Saigneur nous a libérés en ce jour ! C'est le signe que nous atandions !

Des aclamassions s'élèvent, et tous chantent encor et encor : Le signe, le signe ! Nous somes libres ! Nous somes libres ! Les cris sont de plus en plus puissans. Nous somes libres !

Les gardes à présant quitent leur poste et s'unicent aux homes qu'ont comensé à jouer des coudes pour sortir de la Galerie, poussant et bousculant pour se dégajer de là, en direcsion des étajes supérieurs.

J'en crois à paine mes zieux.

Non, vossifère le Maître. Non ! C'est pas le signe !

Mais sa voie est couverte par la puissanse des chans. Y tante de retenir les homes qu'y passent devans lui, y les agripe et veut les arêter. C'est pas le signe ! Non, arêtez ! Non ! C'est pas le signe !

Nous somes libres, nous somes libres, urlent les homes. Le signe, le signe, le Saigneur nous a libérés !

Y crient et aplaudicent tout en poussant pour sortir du Ôle. C'est une tampête de cris et de cahos.

De plus en plus d'homes forsent l'étroit passaje tandi que M. Sharp et M. Lewis essayent de les retenir.

Nan, disent-ils. Nan !

Mais plus persone les écoute.

Je lance un cous d'euye en arrière pour voir ce qui reste de la tête du Saigneur qu'est plus qu'un bloc de pierre au milieu de la sale se balansant d'un coté et de l'autre, et en la regadans je me demande coment j'ai pu croire que cette tête était autre chose que de la roche.

Desmond se freille un chmin pour me rejoindre à travers la cohu. La masse d'homes est de plus en plus en compacte.

Crapouille, on a réussi, y dit tout tramblant et tout palle. On a réussi.

Je cherche les autres mais y sont déjà partis. La Galerie se vide comme l'eau se déversant d'un sau persé.

Jack et ceux du dortoir étaient parmi les premiers sortis, assure Desmond et y me sère dans ses bras. On a réussi, Crapouille, y dit dans mon oreille pour couvrir le vacarme de la Galerie. On a réussi.

Je jaite un cous d'euye vers l'antrée et le Maître est plaqué contre le mur, y regarde M. Sharp et M. lewis qu'essayent d'arêter le flos.

Et soudin, M. Sharp disparet, amporté par la marée umaine, et reste plus que M. Lewis mais y peut pas les ampêcher, pas plus qu'un rat pourait arêter un troupau de beus.

Alé, dit Desmond en me tirant en avant. Faut qu'on sorte aussi.

Mais je peus pas, je reste planté encor un peu pour absorber toute cette sène. Ces homes qui se bousculent dans l'ambrazure de la porte, qui forsent le passaje, qui se poucent les uns les autres. Je lesse cette vizion m'imprénier. Nous avons réussi. Nous avons libéré Gueule d'Ours.

M. Lewis est amporté à son tour, y l'ajite les bras alor qu'on l'antrène dehor. Le Maître a un regars orifié. De tous les responsables, y reste plus que lui désormès.

Mais brusquemant, j'entends un autre grondment et un gros rocher tombe du plafons, efleurans mon épole et déchirant ma chemize. Pis c'est une poinié de pierres qu'y dégringollent et la Galerie se remplit de poussière. Plusieurs boujies sont souflées.

Alé ! crie Desmond alor que la sale s'assombrit, et les homes et les gamins poucent comme un courans puissans qui nous tire et nous charie. Y faut sortir d'ici, cet endrois n'est pas sur !

Et alor je le vois. Devans nous le Maître, fijé alor que la foule se bouscule devans lui. Et y s'avance ver nous, d'un pas décidé, y fand la cohu. Son chapau est affessé et plein de poussière, son costume déchiré, l'a perdu toute sa superbe. Et malgré les dizènes et dizènes d'homes qu'abondent dans la sale, j'ai l'impression qu'y reste sur Terre plus que nous trois.

Toi, y crie en me montranst du dois. Et toi ! y l'ajoute en désiniant Desmond. J'aurais dû m'en douter, j'aurais du me débaracer de toi quand j'en avais l'ocasion, comme ton père ! Le Maître fonce tous drois. Une brebi galeuze qu'a peur des réalités du monde. Tel père tel fisse ! il crie encor.

Avec un sourire movais, y sort une chose de sa poche mais quequ'un le pousse au même momans.

Non, non ! y l'urle.

Tros tars. Y disparet dans la marée, son chapau ondulant sur les flos umins avant de se fondre dans la foule qu'y pousse et forse en direcsion de la sortie.

La pression nous amporte à notre tour, et je peux plus respirer.

Desmond, je soufle. Desmond !

Y l'atrape mon bras.

Au secour, je dis dans ma tête, ma voie réduite à néans. À l'ède.

Derrière nous, la Galerie vrombit de plus belle et Desmond me tire sur le coté, repoussant les obstacles et me trénant derrière lui. Peu à peu nous nous ecs-tirpons de la foule.

Je m'agripe au mur pour reprendre mon soufle tandi que les homes défilent otour de nous, quand retantit un craquemant comme du bois qu'y se fand. Je lève les zieux vers le Saigneur, des fiçures courent sur son cors, se répandent comme du liquide partous sur sa poitrine. La sale gronde et un bruis terifians retantit quand le Saigneur se brize en deux. Son buste antier bascule et se fracasse au sol. Le fracat résone dans mes oreilles et le sol vibre violamant.

Un nuaje de poussiaire s'élève. Les derniers homes quitent la Galerie et se dirijent vers les kajes qu'y servent de montent charje en direcsion de la surfasse.

Ça va ? demande Desmond et j'oche la tête.

On a réussi, je dis.

Y sère mon épôle.

Viens. Pour nous aussi y l'est temps de partir.

Je regarde ce qu'y reste du Saigneur au dessu du nuaje de poussière qu'y gonfle et j'apersois d'autres félures.

Desmond me tire en avant et nous rejoinions les derniers travayeurs qu'y traversent par le goulot menant aux kajes. Chantant et criant toujour. La Galerie vrombit et s'efondre derrière nous, encor des boujies s'étègnent.

Je retiens un cri en aténiant le couloir. Une demi dizène de cors sont broillés au sol, piétinés par la mélée.

Alor je le vois. Son chapau. Le chapau du Maître, écrazé. Je vais pour le ramacer mais m'apersois qu'y l'est là aussi, le Maître en persone. Écrazé contre le mur, une jambe brizée. Son visaje est aussi blan que les poiçons du lac. Dans le tunel, la poussière flote en suspansion comme la brume.

Desmond agripe mon bras alor que le Maître pivote vers nous. Nous reculons d'un pas et je sens le sol qu'y se dérobe sous mes piez.

La respirassion rapide et eurtée, y l'articule, l'aire vissieux : Vous avez détruis Gueule d'Ours, vous serez détruis avec elle.

Y tient un objet dans sa main, petit et brillant. Y le pointe sur nous et je sens comme un trait brulans qu'y fuze et m'efleure la joue.

Je manque de tomber à la ranverse quand un éclat retentit. Le Maître a visé le plafons. Une pierre tombe, une ptite pierre dabors pis des rochers. Je m'avance mais Desmond me retient. Le Maître ouvre la bouche mais cette fois c'est de gros blocs qui se détachent et s'efondrent sur lui. Tout le plafons s'écroule.

C'est moi qui retiens Desmond, à présant, et le tire pour nous éloinier. Je trébuche et chute, alor en un cous d'euye, je vois le Maître qui se protèje avec ses bras en criant : Nan ! Nan ! Nan !

Pis sa voie est étoufée par une avalenche qu'y se déverse sur lui, des rochers qu'y tombent dru, régu-liés comme de la pluie, et qu'y réduisent le Maître en sandres.

Je m'entends urler.

Desmond me trène en arrière et nous nous sérons contre la paroi alor que les dernières boujies s'étaignent sous les pierres.

Tout est noir.

Les chandèles sont souflées. Tout comme l'espoir en moi.

Je m'apuis contre le mur pour garder l'équilibre. Je sens les rochers umides sous mes mains.

La seule issue. Bloquée.

Le Maître écrabouillé. Gueule d'Ours vidée. Nous zavons fait ce que nous devions faire mais à présant y samble que nous en somes punis.

Ça va ? demande Desmond dans le noir.

Le queur battans jusque dans ma gorje, un gout de bile dans la bouche, je pense : Y poura plus faire de mal à persone.

Je garde le silense.

Crapouille, demande Desmond.

Je suis là.

Où on va maintnant ?

Nulpars, je répons. C'était la seule issue.

Nous absorbons la situassion.

Alume une boujie, y dit. Qu'on voie les dégas. On poura bien creuser un passaje, nan ? On est assé fors pour ça.

De nouveau, la mine vrombit. Je me tiens à un potau pour pas vaciller mais sens que lui aussi vacille.

La mine est en trin de craquer, je dis. Gueule d'Ours se défait aux coutures comme une vieille chemise.

Alume une boujie, y répette. Ou je m'en charje.

Une étinselle pis y l'est devans moi. Le sol est mouyé. De l'eau qu'était pas là avant, j'en suis certin.

Desmond lève la chandèle pour sonder les rochers mais la plupars sont auts comme des homes. Bien tros lours pour être déplassés par deux gamins.

On est cuis, je dis.

Y a forsément une autre sortie, dit Desmond en egzaminant l'éboulí. Forsément.

Je ferme les zieux et réfléchis – je pense à Thomas et coment j'ai traï sa confianse. Sertes j'ai sauvé les autres, ces homes et gamins, toute la forse de travaye de Gueule d'Ours qui se hice au même instans vers la surfasse à l'ecsepsion de ceux piétinés dans le couloir.

Pas tous, je sonje. Pas tous s'en sont sortis.

Moi et Desmond. Condanés à mourir ici. Dans l'oscurité chaude de Gueule d'Ours. Enterés avec le Maître dans sa tombe.

Saigneur, préservez-nous. Saigneur sauvez-nous.

Je sens les murs qu'y vibrent derrière moi. Le sol qui tramble.

On va mourir broillés, je dis. Le Saigneur dans la Galerie devait être un poins faible de la mine. Tout va s'éfondrer sur nous.

Y a toujour un espoir, dit Desmond, en observant les rochers. C'est ce qu'y dirait Thomas, pas vrai ?

Mais Thomas est pas là.

Je m'afesse le lons de la paroi, adossé au potau rugueux avec l'eau qu'y m'éclabouce les chevilles. Je me recroqueville et anroule mes bras otour de mes jambes. C'est là que je la sens dans ma bote.

La dinamite. Le troisième baton, lons et dur comme une chandèle.

Je retiens un cri.

Quoi ? demande Desmond.

J'anfonse la main dans ma bote et sors le baton pour lui montrer.

Je l'egzamine sous toutes les coutures et murmure : Mais coment ça pourait nous servir ? Faire sauter les rochers risquerait de provoquer un autre éboulmens.

Ça vaut le cous d'essayer, dit Desmond.

Alor une idée me vient.

L'aye sauvaje, je dis. C'est comme ça que tu l'as apelé ? La fleur que t'as décinée.

Continue, y m'ancouraje alor je poursuis :

Même si on arivait à sortir de ce tunel en fesant sauter ces rochers, on pourait provoquer un autre éboulmens plus loin et on serait tout aussi coinsés. Mais l'aye sauvaje pouce à la surfase, c'est ce que t'as dit, pas vrai ? Y faut donc retrouver ton décin car y doit pas être loin d'une issue.

Un larje sourire éclère son visaje.

Et c'est là qu'on provocra l'ecsplozion, conclut-il. Ah, Crapouille ! Tu vois, y a toujour un espoir.

Tandi qu'y m'ède à me relver, les murs de la mine tramblent.

Faut faire vite, je dis. Vite pour retrouver ce décin.

Tu conais le chmin ? demande Desmond alor qu'on s'éloigne des rochers et s'anfonse plus loin dans Gueule d'Ours, avec notre flame qui danse. Crapouille, y répette au coin d'un tunel, tu conais le chmin ?

J'oche la tête et espaire de toutes mes forses que Thomas saura me le montrer.

Nous arpantons le tunel prinsipal d'un pas rapide, tout est dézert. Je ferme les zieux de temps en temps quand nos piés pataujent dans l'eau et pense à Thomas, je fais aparêtre son imaje dans mon espris. Je le revois. Je repense à toutes les fois qu'y m'a emmené voir les ponets et prie de me rapler le chmin.

Ède-moi, Thomas, je me dis dans ma tete. Ède-moi.

Y a des amas de pierres à certins androits et des poutres du plafons brizées ou à moitié éfondrées. Nous nous freyions un passaje et ni l'un ni l'autre dit rien mais nous savons tous deux qu'y aura pas de retour possibe.

Cette fois, c'est pas seulment la fin du Saigneur, c'est la fin de tout Gueule d'Ours.

Soit nous sortons d'ici pour toujour, soit nous y restons à jamais, poussières retournées à la poussière.

Nous pataujons dans le tunel qui mène au dortoir, paçons devans la cantine, et le bruis de l'eau qu'y coule le lons des murs est de plus en plus assourdissans ainsi que les étranjes vrombissemants de la Terre.

Nous nous anfonssons encor et encor dans les antrayes de la mine, dans les bafons de Gueule d'Ours.

Par ici, je dis.

Desmond aproche la boujie de la paroi et sonde la roche en vérifiant chaque potau, tandi que je me charje de l'autre coté.

Pas de fleur.

Crapouille, t'es sur que c'était ici ? y demande, et en vérité je suis pas sur du tout.

J'essaye de me souvnir mais je me rapèle qu'une chose, c'était sur le chmin des ponets, un trajès que j'ai pas fait si souvens et que je métrise mal à vrai dire. Thomas me préssédait toujour sauf la dernière fois. Or rien ressamble plus à un tunel qu'un autre tunel quand on conait pas le chmin.

C'est plus loin, j'afirme espérans avoir réson au-delà de toute vressamblanse. Juste après le prochain tunel et un peu en-bas.

On s'aprète à repartir quand Desmond m'arête, son visaje livide.

Quoi ? je demande.

Y besse les zieux.

L'eau, y dit.

Nous somes imerjés jusqua mi botes à présant. Pire, on voit le nivau qui monte.

Y faut se dépécher, je dis, et nous courons jusqua attindre une fourche.

Gauche ou droite ? presse Desmond. Crapouille, gauche ou droite ?

Je reste fijé car j'en ai pas la moindre idée.

Crapouille, s'y te plet.

Je tends les mains dans l'espoir d'un signe mais rien ne vient. Je vais devoir deviner.

Par ici, je dis et m'élanse. Je touche le bois d'un potau pour me porter chanse. Faites que je me trompe pas, je me soufle à moi-même.

S'y l'eau continue de monter, on poura même pas voir la fleur, dit Desmond.

J'oche la tête, trénant mes botes dans l'eau et egzaminans chaque potau, l'un après l'autre, mais je ne vois rien que du bois mouyé.

Soudin Desmond pousse un cri. Ici, Crapou
Je l'ai trouvée.

Y me sère dans ses bras et manque de soufler la boujie.

Là ! y dit.

Je regarde et entre nous je suis pas bien sur de ce que je vois, tout ce don je me souviens c'est qu'y l'avait déciné une fleur.

C'est mon décin, y l'assure. J'en suis certin.

Je l'observe à la lueur de la flame qu'y danse.

Vazy, y dit. Mets la dinamite. Vazy Crapouille.

C'est pas si simple, je réplique. Dabors on doit faire un trou et...

Pas le temps, y coupe.

On risque de faire sauter la mine tout antière !

Je le ficse drois dans les zieux, l'eau qui grimpe le lons de mes molais, qui s'incinue à traver les trous dans mes botes et dans mes chossettes. Glassiale. On échanje un lons regars.

Y doit y avoir une issue, je dis. Même minuscule sinon t'aurais pas santi l'odeur de l'aye.

Je cherche et fouye partous mais y fait tros sombre pour distinguer autre chose que la roche rugueuse.

Desmond aproche la chandèle encor plus près mais je vois toujour rien. Le nivau de l'eau grimpe sans cesse.

Faut prendre une déssision, je déclare, mon queur tambourinant dans ma poitrine, santant l'angoice qui monte en même temps que l'eau.

Vazy. Vazy Crapouille. Fais comme tu peux. C'est notre seule chanse.

Je trouve une crevace juste assé grande pour lojer l'ecstrémité de la dinamite.

Done moi des cayous pour le caler, je dis.

J'ai l'eau aux jenous et sens le courans qu'y file entre mes jambes.

Pas le temps, dit Desmond et à la plasse y sort un mouchoir. Enfonse ça dans le trou, ça fera l'afère.

La maiche est pas longue, je l'avertis.

Alor alume-la et courons vite nous metre à l'abris.

Sur ?

Y l'hoche la tête.

Le baton tient bien dans la paroi mais pas de doute, la maiche est courte et nous aurons peu de temps pour nous réfujier.

Près ? je demande et y l'aquiesse.

Près.

Je cherche mes alumètes dans ma poche mais mes dois tramblent telment que je lache la boite qui disparaît dans l'eau. Perdue.

J'urle de furie mais Desmond me tend sa boite.

Fais attansion, y recomende et j'oche la tête.

Les dois tramblans je craque une alumète. Et alume la maiche.

Saigneur sauvez-nous, je dis tandi que Desmond récupère sa boite.

Nous nous élansons.

Je suis sous l'eau.

Des bulles sortent de mes narines.

Je suis baloté comme une poupée de chifon dans une rivierre.

Je remue et me démène, ajite les bras pour remonter à la surfasse et reprendre mon soufle.

Je m'écrase contre un rocher.

Mes jambes meurtries. Mes bras déchirés.

Je me cogne la tête.

J'ai mal.

Mal mal mal.

Pis c'est le trou noir.

De l'aire.

Je sufoque.

Je tousse.

De l'aire.

Je respire.

Je reprends mon soufle. Encor.

J'ai aussi mal à la tête que si j'avais été de toutes les bagares du monde.

Mes mambres sont comme du plon.

Je jémis.

Je suis vivans.

Près de moi y'a une flac d'eau. Je la touche.

J'ai tête en arière. Les jambes en bas.

Andolori. À moitié brizé.

Je me souviens.

La maiche. Courir.

Je suis moi.

Je suis en vie.

Et alor je me rappelle.

Desmond. Je murmure son non.

Desmond.

Je crie son non. Encor et encor. Desmond. Desmond.

Mais nulle réponce ne vient.

Lentment je m'assois. Jeiniant de douleur.

Je plie mes jambes et reste ainsi dans le noir. Trampé, avec mes habis qui colent à mon cors comme une segonde pau. Sur ma joue je sens une chaleur là où le Maître a vizé. Ça fait aussi mal que quand on m'a tayadé la narine à mes débus. Je tands l'oreille mais entends rien. Rien que l'oscurité.

Je sais pas où j'ai été amporté mais une chose est sertène, c'est pas dehor. Y fait aussi noir que dans la mine. Quand j'apèle Desmond, ma voie résone comme dans une caverne, elle se réverberre contre les murs.

Je suis plus à Gueule d'Ours. Plus dans la mine. Je suis dans une grote forjée pas de main d'home mais par la nature.

Qu'importe, car à l'évidense je suis pas en meilleure posture qu'avant.

Coinsé dans le noir et sans dinamite. Je fouye dans mes poches et trouve deux bous de chandèle mais alor je me souviens que j'ai plus d'alumètes. Ma boite amportée par l'eau. Desmond qu'a récupéré la sienne.

J'ai de la lumiere mais pas de quoi l'alumer.

Je sais pas où je suis. J'essaye de tatoner mais reconais rien.

Je suis seul.

Je sère mes jambes contre moi. Mon cervau en ébulission. Rien à manjer. Même si j'ai de l'eau, je ferai pas lons feu ici.

Je vais mourir de fain dans le noir.

Je lesse échaper un sanglos qu'y résone tout otour de moi. Mes propres pleurs me reviennent en écau.

Je sanglote jusqua épuizer toutes mes larmes.

Mais à quoi bon s'apitoiller sur son sors ?

Combien de temps je reste assis là à réfléchir, je sais pas. À me demander quoi faire. À ficser l'oscurité.

Soudin, au loin, j'apersois une ptite lueur qu'y danse et avec elle un ptit espoir. Je suis pas seul après tout.

Je crie, Desmond Desmond, et c'est l'écau qui me répons. Desmond Desmond.

Et d'un cou, ô quel soulajemans : Crapouille. Crapouille c'est toi ? Crapouille Crapouille.

Sa voie et mon propre non qu'y m'envlopent comme une couverture.

Je suis vivans.

Y l'est vivans.

J'escalade les rochers ver la lumiere, traverse trois flacs et trébuche.

T'as réussi, y dit et éclate en sanglos.

Je le sère si fors que je suis pas loin de vider tout l'aire de ses poumons.

Je suis pas seul.

J'AI CRU QUE J'ÉTAIS CUIS, je dis, mon visaje plein de larmes qui me piquent la joue.

Y l'hoche la tête et s'essuie la figure.

C'est pas viril de pleurer, y dit en reniflans.

C'est pas grave, je répons. J'en ai rien à faire. On est en vie. Tous les deus.

J'ai cru que t'étais noillé, Crapouille. Et moi aussi. Pis je suis venu ici. On est où ?

J'observe les alantours à la lueur de la flame qui danse presque plus telment la maiche est umide.

C'est une énorme grote. Plus grande que la Galerie du Saigneur. Plus grande que tout.

Regarde, y dit.

Tout au fons, on distingue une forme qui semble bien être un cors adossé à la paroi rocheuse.

On s'avance lantmant, tous les deus, Desmond lève sa boujie.

Je reconès son visaje mais y l'est bien plus mègre que la dernière fois que je l'ai vu. La seule fois. Sa pau est palle et couverte de bleus, elle pandouye de ses pomettes pointues.

Y l'a pas été banni en fin de conte. C'est Rickerbee. Y zont dû le lesser mourir de fain, povre bougre. Quelque pars, y l'a quand même réussi à échaper à Gueule d'Ours en arivant jusqu'ici.

Je soulève et sère la main froide de Rickerbee, toute bocelée par les goutes de sire de sa dernière boujie.

Tout va bien, l'ami, je dis. Plus persone peut te faire de mal. Ni Walsh ni le Maître ni persone. Sont partis et pour toujour, amen.

Je souris à Rickerbee et tapote sa main alor je vois qu'y l'a lui aussi un léjer sourire sur ses lèvres et les zieux levés, alor je regarde dans la même direcsion.

Sur les rochers en auteur sont décinés des animaus maron et noir et rouje. On dirait des troupaus de bauvins qui galopent.

Des imajes, je soufle. Regarde.

Desmond me donne la chandèle et je la soulève aussi aut que possible. La flame vacille et ces animaus sont si réalistes qui samblent courir pour de bon vers la vie.

Je frissone et dis : on dirait de la majie et soudin, je vois derrière Desmond des amprintes de main sur la paroi. Trois amprintes, de tayes diférantes. Je place la mienne sur celle du milieu et elle s'ajuste parfetment.

Depuis quand ces trasses sont là ? je murmure.

Depuis avant nous, répons Desmond. Avant Rickerbee. Avant les siaicles même.

Ça sinifie que des jans sont venus ici, je dis. Qu'y a donc une issu.

Desmond grogne.

On s'est déjà dit ça, et on est toujour souterre nan ? Toujour dans le noir. Et Rickerbee, y l'a jamais trouvé l'issu, c'est assé clair.

Combien y te reste de boujies ? je demande et Desmond en sort une à paine antamée.

Moi j'ai que des bous, je dis en les montrans. Rien à manjer mais on a ta boujie alumée, celle à peine antamée et tes alumètes.

Je trampe mon dois dans une flac et goutte l'eau.

Elles samble bone à boire, je comente. On a donc de l'eau. C'est déjà mieux que Rickerbee, sa dernière chandèle a fondu jusqua être plus que des goutes dans sa main. Nous on a de la lumiere, pour le momans au moin.

Et donc ? On va où ?

Je pointe drois devans, là où la grote se rétressit et s'assombrit encor.

C'est dans cette direcsion que se dirije le troupau, je dis.

T'es sur ? qu'y demande.

Jausse les épôles. Ça vaut le cous d'essayer.

Y me tands sa main et je la prends.

Alonzy, y dit.

Adieus Rickerbee. Repose en pais.

Amen, dit Desmond.

Et nous avançons vers l'oscurité.

AU FONS DE LA GROTE j'apersois une crevace, si étroite que j'arive à peine à m'y glicer.

Je passe en premier avec la boujie de Desmond jusqua plus pouvoir la tenir et poucer en même temps. Par mégarde je la cogne contre la paroi et pffft, elle s'étint. Le noir à nouveau.

Ça va Crapouille ? demande Desmond derrière moi.

Ça va, je répons aussi rassurant que possibe. Mais c'est seré, pas de doute latsu, et ce le sera encor plus pour Desmond.

Je m'écorche les coudes et vide tout l'aire de mes poumons pour me faire le plus fin que je peus. Je m'ampêche de penser au risque de rester coinsé.

Dans le noir je suis assayi de souvnirs. Thomas. Tobie. Walsh et ses mains. L'efroi du Maître quand les rochers l'ont ensevli.

Je ferme les zieux et pense à Thomas.

S'y te plet. S'y te plet. J'ai encor besoin de ton ède.

Et d'un cous je suis de l'autre côté.

Mes bras sont libres. Je m'ecstirpe et tate prudament les parois, j'ai sufisamant de place pour me mettre debous mais en me levant je me cogne la tête et lache un juron.

Crapouille, fait la voie de Desmond. Crapouille.

Tout va bien, je lui assure. C'est séré mais je vais te tirer pour t'éder à passer.

Y faut un temps fou pour l'estirper de là.

Quand y l'est finalment sorti, y l'alume prudamant sa boujie.

Reste plus que cinque alumètes, y prévient en les contant.

Et alor nous avons le soufle coupé.

Car nous nous trouvons dans un lieu féérique avec des tijes toutes blanches qu'y dessandent du plafons et d'autres qu'y s'élèvent du sol.

Elles brillent et sintillent comme des colonades dans un chatau.

Je tands la main pour en toucher une mais Desmond me retient.

C'est quoi ? y demande. C'est pas danjreus ?

Thomas m'en a parlé, j'esplique la voie pleine d'émerveillmant. Ces tijes montantes et dessandantes sont du sel. Elles doivent avoir trois sents ans, je précize en les caraissant doussmant. Sous mes doits, leur tecsture est froide et umide. Comme de la glace sauf que c'en est pas.

C'est incroillable, soufle Desmond et je lui souris.

Même si je dois mourir ici je suis eureus d'avoir vu ça.

Je lève la chandèle, les colones s'étirent à pèrte de vue.

J'ai jamais rien vu de pareille, je murmure.

Nous traversons la caverne en serpantant entre les tijes, anjambant les plus basses, nous courbant pour éviter les autres.

Thomas aurait aimé voir ça, je pense, et je ressans un ptit éboulment au fons de moi.

Alé, m'ancouraje Desmond en me tapotans le dos. Faut qu'on avance.

Je suis en vie, je me répette. Contre tout attante. Je suis en vie.

On se glice et se hice à travers tant de cavernes que je peux plus les conter.

Des cavernes ramplies d'arèniées à longues pates toutes blanches comme des fils de coton.

Des grotes lugubres où semblent s'être pacées des choses oribles.

Une autre avec les zos séchés d'un gros animal et un osse courbé comme une épée. J'avais jamais vu des zossmans ausi gros.

Nous avançons pendant une éternité et atainions le fons. Le fons où n'est que de l'eau. C'est une impasse.

C'EST PROFONS ? je demande en observant mon reflès à la lueur de la flame dansante.

Mon imaje m'observe en retour. Mon visaje mègre. Fatigué. Avec une trasse sombre sur la joue. L'eau est noire comme un miroir.

Je regarde Desmond.

On s'arête ou on continue ? je demande. Ça fait une éternité qu'on marche.

On a rien à manjer, y l'dit.

Le cors umin peut se réjénérer dans le someye, nan ? Si cette eau est vraimens tros profonde, s'y on doit revnir sur nos pas, on aura besoin de forses.

Pus que sinque alumètes, me rappelle Desmond. C'est tout.

Je sais.

Y me regarde et réfléchit.

Dacors, y dit enfin. Dacors pour un peu de repo.

Je trouve un androit lice et me roule en boule par terre et Desmond fait pareille. On se met dos à dos pour garder la chaleur.

Y soufle la boujie.

Le silense et la pénombre nous envlopent.

Desmond, je chuchotte et je sens qu'y bouje derière moi. Qu'esse qu'on fera quand sera sortis d'ici ? Où on ira ?

Tu pourais venir abiter avec moi, Crapouille, y propose. Ce serait normal que je t'ède comme tu m'as édé.

Je pense à sa propozission. Tout parêt possibe et impossibe à la fois. Je me souris à moi même.

À tes débus, je croyais que t'étais le Diable grimé en garson, je lui avous. Je prenais ton nom pour un avertissmant.

Y lesse échaper un ptit rire.

Je sais pas coment ça se passera à la surfasse, j'admets. Je me rapèle pas grand chose d'avant Gueule d'Ours.

T'es une persone forte, Crapouille. La persone la plus forte que je conaisse. Tu sauras te débrouyer.

On se tet un instans.

Mais je suis un criminnel, je dis.

Y grogne encor. Nan, t'es pas un criminel. C'était de la léjitime défanse, Crapouille, Walsh t'aurait tué, tu le sais aussi bien que moi. Et pis on a libéré Gueule d'Ours, y l'ajoute.

C'est vrai, je dis. Sauf les homes qu'ont été piétinés par la foule.

T'y étais pour rien, Crapouille. L'oublie pas. Une meute d'homes se comporte pas comme un home seul. C'était pas ta faute. Combien seraient mors dans les bafons s'y on avait rien fait ?

C'est pas faus, j'en conviens.

Bien.

J'y pense et à mon tour je lache : Bien.

Je continue à penser. J'ai envie de lui avouer. Alor je lui avoue. Y le faut. Si je prononse les mots à voie haute, ça deviendra réel.

Je suis pas qui tu crois, je dis.

Coment ça ?

Je poursuis : Tout conte fais, Desmond, je suis pas un gayard.

Un home tu veux dire ?

C'est ça, j'aquiesse.

J'y pense un momans. C'est la première fois que je le dis tout aut.

Je suis pas un gayard du tout, je reprens. Thomas a caché cette vérité pendant des années. Je suis pas un gayard car je suis une fille.

Mais y a pas de fammes dans les mines, fait remarquer Desmond.

Je sais. Voilà pourquoi Thomas a menti. Pour me protéjer.

T'es une fille ? y s'esclame, perplaixe.

Je suis une fille.

Et ça me fait bizare de le dire tout haut. Je ris.

Je suis une fille, je répette encor. Je suis une fille, je répette plus fors.

Et y se met à rire aussi. T'es une fille, y fait, et y le crie.

Je suis Crapouille, je crie aussi, et mon écau résone. Je suis Crapouille et je suis une fille.

Je ris et y rit. Je ris jusqu'en plus pouvoir et santir des larmes de joi qu'y roulent sur mes joues.

Je suis une fille. Pis je chuchotte : Je suis une fille.

Desmond renifle. Son dos imobile contre le mien.

Eh ben t'as beau être une fille t'es quand même la persone la plus courajeuse que je conaisse. Et tu seras toujour mon meilleur ami.

Y l'est tars quand enfin nous nous endormons.

Je suis Crapouille et je suis une fille.

Et à entendre ces mots, je sonje que c'est pas si terible que ça.

Quand je me réveille, Desmond est plus colé à moi. J'entends un ptit glouglou dans un coin et comprend qu'y l'acomplit un besoin naturel.

Crapouille ? y demande. T'es réveillé ?

Oui, je répons. Et j'ai réfléchi. Quand je sortirai faudra que j'aye voir M'man. La voir et m'assurer que tout va bien. Mais…

Mais quoi ?

Mais je sais pas bien où elle est. Où est la ferme. Le vilaje et tout. Et Crapouille Coombes, ben c'est pas mon vrai non.

Qu'esse que tu veux dire, Crapouille ?

Je peux vraimens venir abiter avec toi ? Pasque ché M'man, y a pas baucou de place et s'y toi t'en as… Je sais que je suis une bouche de plus à nourir mais…

Biensur, y dit. Je l'ai dit, c'était sinsère. On va s'en sortir, Crapouille. Jusqu'ici on s'en est sortis, pas vrai ?

Y l'ouvre sa boite d'alumètes, en crac une et alume un bou de chandèle.

Pus que quatre alumètes, je dis.

Y l'hoche la tête.

J'ai fain et mon ventre gargouye.

Je vais passer en premier, je désside. C'est moi qui naje le mieux.

Sur ? y demande et j'aquiesse.

J'anlève mes grosses botes trampées. Retire mes chaussettes colantes. Y regarde ayeurs quand j'anlève ma chemise et mon pantalon et garde que ma culote.

Je suis près, je dis.

Y lève la boujie, les zieux toujour tournés, et je m'imerje. Lentment, et je sens le frois sur ma pau.

Je pose un piez devans l'autre et retiens un cri. Le sol s'enfonse d'un cous.

Près, je confirme.

Bone chanse, y me lance.

Alor je prends une grande inspirassion. Et je plonje.

JE GARDE LES ZIEUX OUVERS SOUS L'EAU pour profiter autans que possibe de la lumiere au dessu. L'eau est profonde mais clère.

J'apersois une tache sombre au fons et plonje pour voir que ce c'est. Un tunel. Je remonte le dire à Desmond mais j'atends même pas sa réponce. Je remplis mes poumons et plonje ver le trou.

Y l'est assé larje pour que je m'y glice sans dificulté et je le parcours à moitié jusqua ce que mes poumons soient au bors d'éclater. Je veux faire dmi tour mais une étinselle acroche mon regars, je me dirije vers elle sans plus savoir si je rève ou non.

Mes poumons sont vides, mes zieux se révulsent mais d'un cous je suis dehor.

L'instans d'après, j'inspire profondémant et comme l'aire est tandre !

Un parfin de fleur et de sucre, et la sansassion toute proprette d'après le bin.

Je regarde les alantours. Je me trouve dans une grote mais pas une grote fermée. Au milieu pousse un arbre tout vert et feuyu qui projète ses branches à traver un trou dans le plafons.

Je lève les zieux et vois le siel pardelà de l'arbre. Y doit faire nuis car y a pas de soleille, mais un nuaje argenté flote, si sintillant que son éclas m'éblouis. Alor je comprens que c'est la lune qu'y brille derrière ce nuaje, et je regarde ayeurs pour pas être aveuglé.

C'est comme une nouvèle nessanse. Je peux pas m'ampêcher de pleurer, des larmes de joi sinsère au clair de lune.

C'est qu'en reprenant mes espris que je sonje à aler chercher Desmond. Y naje pas si bien que moi.

On doit s'y reprendre à trois fois avant qu'y parviène à se glicer. Je le tire et y franchit le tunel et je le hice sur les rochers éclérés par la lune. Y s'étand sur le dos et nous reprenons notre soufle.

Je cligne des zieux et dis : Cet éclas, y l'est aussi puissans que l'ectrissité.

Desmond touce et touce encor quand je me rands conte qu'y rit.

On a réussi, y s'esclafe. Crapouille, on a réussi.

Nous respirons librement mais pour combien de temps.

Y faut que j'y retourne récupéré mes botes, je dis. Elles sont pas en bon étas mais c'est tout ce que j'ai.

Desmond fait mine de se lever mais je l'arête.

Je prendrai les tiennes aussi, et le reste.

Fais vite, y dit et je lui souris.

Je suis le meilleur najeur que tu conaisses, pas vrai ? je dis et ça le fait rire.

Y me faut faire deux fois l'alé retour, nos botes sont lourdes et m'antrènent vers le fons. C'est dur mais j'y arive. Je me repause un peu au piez de l'arbre tandi que Desmond essore nos abis trampés, qu'y vide l'eau de nos botes et à lède des lassets, forme deux balos avec toutes nos afères. Ça lui prend que quelques segondes.

Ça va ? y demande et j'oche la tête. Alor alonzy, et y me donne mes abis et mes botes tout pactés, avec une boucle pour les trensporter.

Je balanse le balo par dessu mon épole et nous cherchons des poins dapuis pour escalader l'arbre.

Nous grimpons, nos slips trampées. Les branches m'écorchent les pômes, les feuyes caressent ma pau et me chatouyent. Mes poumons se gonflent d'aire frès alor que nous nous hissons ver la lumiere.

On est épuizés et afamés, ruisslans et a moitié nus, et nos balos sont lours mais lours, y s'acrochent sanzarêt dans les branches.

Quand nous atènions la surfasse, je tands la main et agripe le bors de l'ouverture. De l'erbe. Sous mes dois pour la première foi depuis si lontemps. Toute umide de rosée nocturne.

Jagripe le sol et me hice ors du trou, creusant la terre de mes ongles et goutans la brize en même temps.

Je rampe un peu et trène mes jenous dans l'erbe pour lesser de la place à Desmond qu'y se hice à côté de moi. Y l'est en larmes.

Grasse à l'éclas de la lune, je vois loin.

Je vois des colines et la surfasse et je pleure de joi et d'étonnment et de soulajment.

Je suis ecsténué et me lesse rouler sur le dos, l'erbe umide me picotte la pau. Près de ma main, une toile d'arèniée sintille, tissée comme un bijou préssieus. Je tands les dois pour la toucher.

J'absorbe tout. L'erbe umide frèche et propre. Tout est dous et brillant et nouveau comme la joi. Un oisau ulule au loin et le vent caraisse les feuyes. Y m'efleure la pau comme de la tandresse.

Nous restons alonjés côte à côte nous impréniant de tout. Mes zieux s'abituent lentement à la clarté, et encor la lune est même pas pleine.

Tu m'as dit une fois qu'y sufisait d'une persone pour comenser une révolussion, je soufle à Desmond. Mais c'est pas vrai, nessepas ?

Si, y dit. Y l'a sufi que de toi.

Nan, je proteste. Ça sufit pas. Y faut une persone pour la comenser et une autre pour y croire.

Desmond sourit et me prend la main.

On reste ainsi lontemps sous le siel qu'étinsèle. Et toutes ces étoiles me rapèlent les chandèles de Gueule d'Ours, comme l'a dit Thomas.

Alonzy, je dis en me redessant et je l'ède à se lever.

Où ça ?

Ver notre liberté. Souviens-toi. Un jour, dit-on, le Saigneur nous enverra un signe.

Alor nous serons pardonés
Et nous remonterons à la surfasse

Et cette lumiere que le Saigneur tient dans sa pôme
Nous sera donée à tous
Et nous prospérerons dans cette vie comme la prochène.

Amen, je dis.

Amen, dit Desmond.

Et main dans la main nous partons au clair de lune vers un nouveau monde.

Composé par Nord Compo
7, rue de Fives, 59650 Villeneuve-d'Ascq

Achevé d'imprimer sur Roto-Page en janvier 2021
par l'Imprimerie Floch à Mayenne
Dépôt légal : février 2021
N° 145727-1 (97547)

Imprimé en France